AF884799

Una hora de fervor

Novela

Muriel Barbery
Una hora de fervor

Traducción del francés por
Isabel González-Gallarza

Seix Barral

PEFC Certificado

Este libro procede de bosques gestionados de forma sostenible

PEFC

PEFC/14-38-00305 www.pefc.es

La lectura abre horizontes, iguala oportunidades y construye una sociedad mejor.
La propiedad intelectual es clave en la creación de contenidos culturales porque sostiene el ecosistema de quienes escriben y de nuestras librerías.
Al comprar este libro estarás contribuyendo a mantener dicho ecosistema vivo y en crecimiento.
En **Grupo Planeta** agradecemos que nos ayudes a apoyar así la autonomía creativa de autoras y autores para que puedan seguir desempeñando su labor.
Dirígete a CEDRO (Centro Español de Derechos Reprográficos) si necesitas fotocopiar o escanear algún fragmento de esta obra. Puedes contactar con CEDRO a través de la web www.conlicencia.com o por teléfono en el 91 702 19 70 / 93 272 04 47

Título original: *Une heure de ferveur*

© Actes Sud, 2022
© por la traducción, Isabel González-Gallarza, 2023
© Editorial Planeta, S. A., 2023
Seix Barral, un sello editorial de Editorial Planeta, S. A.
Avda. Diagonal, 662-664, 08034 Barcelona (España)
www.seix-barral.es
www.planetadelibros.com

La historia de la página 79 está sacada del libro *Mère du révérend Jōjin, Un malheur absolu*

Adaptación de la cubierta: Booket / Área Editorial Grupo Planeta
Ilustración de la cubierta: © David Paire / Arcangel
Primera edición en Colección Booket: noviembre de 2024

Depósito legal: B. 17.845-2024
ISBN: 978-84-322-4404-9
Impresión y encuadernación: Qpprint
Printed in Spain - Impreso en España

Biografía

Muriel Barbery nació en Casablanca en 1969. Estudió en la Escuela Normal Superior de Fontenay-Saint-Cloud y obtuvo su *agrégation* en Filosofía en 1993. Fue profesora de Filosofía en la Universidad de Borgoña, en un instituto y en la escuela de profesores de Saint-Lô. Obtuvo una beca de residencia para la Villa Kujoyama, en Kioto, ciudad en la que residió dos años. Es autora de *La elegancia del erizo* (2007), un éxito internacional que obtuvo el Premio de los Libreros Franceses y fue adaptado libremente al cine, *Rapsodia Gourmet* (2010), galardonado con el Premio Meilleur Livre de Littérature Gourmande, *La vida de los elfos* (2015), *Un país extraño* (2019), *Una rosa sola* (2021) y *Una hora de fervor* (2023), todos ellos publicados por Seix Barral.

A Chevalier

A aquellos y aquellas de Kioto
Akiyo, Megumi, Sayoko 🎗
Keisuke, Manabu, Shigenori, Tomoo
Kazu, Tomoko

Y a Éric-Maria

MORIR

A la hora de morir, Haru Ueno miraba una flor y pensaba: Todo gira en torno a una flor. En realidad, su vida había girado en torno a tres hilos y solo el último era una flor. Ante él se extendía el pequeño jardín de un templo cuya vocación era ser un paisaje en miniatura salpicado de símbolos. Lo maravillaba que siglos de búsqueda espiritual hubieran desembocado en esa distribución precisa: tantos esfuerzos dirigidos a una significación y, a la vez, a una pura forma, pensaba también.

Pues Haru Ueno era de aquellos que persiguen la forma.

Sabía que moriría pronto y se decía: Al fin estoy en armonía con las cosas. A lo lejos, el gong del Hōnen-in resonó cuatro veces, y la intensidad de su propia presencia en el mundo le dio vértigo. Frente a él, el jardín de muros encalados rematados por tejas grises. En el jardín, tres piedras, un pino, una franja de arena, un farol y musgo. Más allá, las montañas del Este. En cuanto al templo, se llamaba Shinnyo-dō. Durante casi cinco decenios, Haru Ueno había recorrido cada semana el mismo circuito: subía hasta el templo principal en lo alto de la colina, atravesaba el cementerio que se extendía más abajo y volvía a la entrada del complejo, al que contribuía con importantes donaciones.

Pues Haru Ueno era muy rico.

Había crecido observando caer y fundirse la nieve sobre las piedras de un torrente de montaña. Estibada en una orilla, la pequeña casa familiar, en la otra, un bosque de grandes pinos en el hielo. Durante mucho tiempo, Haru había creído amar la materia: la roca, el agua, las hojas y la madera. Cuando comprendió que lo que amaba eran las formas que adoptaba esa materia, se hizo marchante de arte.

El arte: uno de los tres hilos de su vida.

Por supuesto, no se había hecho marchante de la noche a la mañana, había tenido que transcurrir el tiempo necesario para cambiar de ciudad y conocer a un hombre. A los veinte años, Haru había dado la espalda a las montañas y al negocio de sake de su padre y había cambiado Takayama por Kioto. No tenía dinero ni contactos, pero poseía una fortuna poco común: aunque lo ignoraba todo del mundo, sabía sin embargo quién era. Ese mes de mayo, sentado en el suelo de madera, entreveía el porvenir con una claridad cercana a la lucidez que solo da el sake. A su alrededor, el murmullo del complejo de templos zen en el que un primo monje le había conseguido una habitación. El encuentro entre la fuerza de su visión y la inmensidad del tiempo le daba vértigo. Esa visión no decía dónde ni cuándo ni cómo. Decía: Una vida consagrada al arte. Y también: Tendré éxito. La habitación daba a un minúsculo jardín sombreado. Más allá, el sol doraba las cañas de los grandes bambúes grises. Entre las hostas y los helechos enanos, crecían lirios de agua. Uno de ellos, más alto y grácil que los demás, oscilaba en la brisa. En alguna parte sonó una campana. El tiempo se diluyó y Haru Ueno fue esa flor. Y luego ese momento pasó.

Ese día, cincuenta años más tarde, Haru Ueno miraba la misma flor y se asombraba de que, de nuevo, fuera 20 de mayo a las cuatro de la tarde. Una cosa, no obstante, era distinta: esta vez miraba la flor en su fuero interno. Otra era semejante: todo —el lirio, la campana, el jardín— ocurría en el presente. Y una última llamaba la atención: en ese presente total, el dolor se disolvía. Oyó un ruido a su espalda y deseó que lo dejaran solo. Recordó a Keisuke, que aguardaba en alguna parte a que muriera, y pensó: Una vida se resume en tres nombres.

Haru, el que no quería morir. Keisuke, el que no podía. Rose, la que viviría.

La zona privada en la que descansaba pertenecía al monje principal del templo, que era el hermano gemelo de Keisuke Shibata, el hombre gracias al cual había podido realizar su vocación. Los hermanos Shibata provenían de una antigua familia de Kioto que abastecía a la ciudad de monjes y artistas del lacado desde tiempo inmemorial. Como Keisuke detestaba por igual la religión y la laca —porque brillaba—, había optado por la alfarería, pero además era también pintor, calígrafo y poeta. Lo notable del encuentro entre Haru y Keisuke fue que en el principio, entre ellos, hubo un cuenco. Al verlo, Haru supo lo que sería su vida. Nunca había visto una obra semejante: el cuenco parecía antiguo y nuevo a la vez, de un modo que él juzgaba *imposible.* Al lado, repantingado en una silla, había un hombre sin edad y, si es que eso tenía algún sentido, de la misma aleación que el cuenco. Además, estaba borracho como una cuba, por lo que Haru se hallaba ante una ecuación igualmente imposible: por un lado, la forma perfecta; por otro, su creador, un borracho. Cuando los presentaron, sellaron con sake una amistad para toda la vida.

La amistad: el segundo hilo en torno al cual giraría la vida de Haru.

Hoy la muerte se plantaba ante él con la apariencia de un jardín, y todo lo demás se había vuelto invisible, excepto esos dos instantes separados por medio siglo. Una nube rozó la cúspide del Daimon-ji y dejó en su estela un aroma a lirio. Haru pensó: Ya no hay más que esos dos instantes y Rose.

Rose, el tercer hilo.

ANTES

Haru Ueno y Keisuke Shibata se habían conocido cincuenta años atrás en casa de Tomoo Hasegawa, un productor de documentales de arte para la televisión nacional. Aunque los japoneses no acostumbran a recibir invitados en casa, la suya la frecuentaban con asiduidad artistas japoneses, artistas extranjeros y toda clase de personas ajenas al mundo del arte. El lugar se asemejaba a un velero varado en una playa de musgo. En el puente superior se colaba el viento por las ventanas, incluso en pleno invierno. La popa del barco lindaba con un flanco del Shinnyo-dō. La proa hacía frente a las montañas del Este. Al inicio de la década de 1960, Tomoo lo había concebido, diseñado y mandado construir, para luego abrir sus puertas a todo el que estuviera sediento de arte, de sake y de fiesta. Esta era una celebración de la amistad y las risas en la noche. El arte y el sake eran puros. Se mantenían eternamente idénticos a sí mismos. Nada, jamás, alteraba su química.

Tomoo Hasegawa reinaba así en su colina desde hacía casi diez años. Le decían Hasegawa san o Tochan, el diminutivo cariñoso infantil. La gente llegaba y se marchaba a cualquier hora, estuviera él o no. Todos lo apreciaban, todos habrían querido ser como él, pero nadie le guardaba rencor. Tomoo adoraba a Keisuke, Keisuke lo adoraba a él, y ambos compartían un mismo gusto por el frío. Fuera cual fuera la época del año, recorrían los senderos del templo ligeros de ropa. Al amanecer del 10 de enero de 1970, Haru se unió a ellos por primera vez. A esa hora temprana, la colina parecía una banquisa, los faroles de piedra centelleaban, el aire olía a sílex y a incienso. Apenas vestidos, Keisuke y Tomoo parloteaban tan tranquilos, pero Haru, que llevaba un grueso abrigo, tiritaba. No era consciente de ello, sin embargo, y en esa aurora de glaciar, se sentía como si estuviera haciendo una peregrinación. La casa de su familia estaba en Takayama, pero el lugar en el que había vivido y viviría su verdadera vida era Shinnyo-dō. Haru no creía en vidas anteriores, pero sí en el espíritu. A partir de ese momento, sería un peregrino y volvería sin cesar a su legítimo origen.

El Shinnyo-dō: un templo cercano a otros templos, en lo alto de una loma al nordeste de la ciudad, a la que, por extensión, Haru llamaba con el mismo nombre. Por todas partes, arces, edificaciones antiguas, una pagoda de madera, caminos empedrados y, naturalmente, cementerios situados en la cima y las laderas de la colina, entre los cuales los de Shinnyo-dō y Kurodani, con los que Haru se mostraría generoso por igual una vez hiciera fortuna. Durante casi cincuenta años, franquearía cada semana el pórtico rojo, subiría hasta el templo, lo rodearía, seguiría hacia el sur bordeando dos cementerios, cruzaría uno más, contemplaría Kioto a sus pies, bajaría la escalinata de piedra de Kurodani y serpentearía hacia el norte entre los templos del complejo hasta el punto de partida y, a cada instante, se sabría en su casa. Como solo era budista por tradición, pero quería que todo en su vida fuera uno, se había forjado la convicción de que el budismo era el nombre que le daba su cultura al arte o, al menos, a esa raíz del arte llamada espíritu. El espíritu lo englobaba todo, el espíritu lo explicaba todo. Por una razón misteriosa, la colina de Shinnyo-dō encarnaba su esencia. Cuando Haru daba su paseo, recorría la vida en su osamenta desnuda, despojada de su obscenidad, lavada de sus trivialidades. Pero, con los años, había comprendido que esas iluminaciones nacían de la configuración del lugar. A lo largo de los siglos, los hombres habían reunido las edificaciones y los jardines, habían dispuesto los templos, los árboles y los faroles, y, al final, ese trabajo paciente había engendrado un milagro: al recorrer los senderos, uno sentía que alcanzaba lo invisible.

Muchos atribuían ese mérito a las presencias superiores que rondan por los lugares sagrados, pero Haru había aprendido de las piedras de su torrente que el espíritu nace de la forma, que no hay nada más que la forma, la gracia o la falta de gracia que resultan de dicha forma, la eternidad o la muerte contenidas en las curvas de una roca. Así, ese invierno de 1970 en el que aún no era nadie, decidió que un día sus cenizas reposarían allí. Pues Haru Ueno no solo sabía quién era, sino también lo que quería. Solo le quedaba comprender qué forma adoptaría.

Así, cuando conoció a Keisuke Shibata, vio su porvenir tan claro como un cuenco de arcilla en pleno día. En su papel de mecenas, esa noche Tomoo Hasegawa impulsaba la carrera de un puñado de jóvenes artistas atípicos dando una fiesta en su casa. Como de costumbre, traían sus obras al velero de Shinnyo-dō, donde se daba cita la ciudad entera para beber y charlar y, desde allí, difundir los nombres de los artistas. La mayoría de ellos eran electrones libres. No pertenecían a una escuela ni a una familia. Se consideraban *singulares*, algo culturalmente complicado. No copiaban el arte contemporáneo occidental. Trabajaban la materia de su tierra natal dándole una figura inédita que seguía pareciendo japonesa, pero no a la manera de los grandes linajes. En definitiva, cuadraban con el gusto de Haru porque se asemejaban a lo que él mismo quería ser: joven pero profundo, fiel pero libre de ataduras, reflexivo y, sin embargo, audaz.

En ese tiempo, las pocas galerías de arte contemporáneo que veían la luz solo sobrevivían vendiendo también arte antiguo, cuyo mercado, muy cerrado, requería tener los contactos necesarios para que se abrieran sus puertas. Hijo de un modesto productor de sake de las montañas, Haru no tenía posibilidad alguna de asomar siquiera la cabeza. Se costeaba la habitación en el Daitoku-ji participando en las tareas de mantenimiento del templo, y sus estudios de Arquitectura y de Inglés trabajando por las noches en un bar. No poseía más que una bicicleta, unos cuantos libros y los útiles para el té que le había dado su abuelo. Su cuarta posesión era un abrigo que vestía de noviembre a mayo, tanto en interiores como en exteriores, torturado por el frío. Pero, aunque en ese gélido enero no poseyera nada, acababan de ponerle en mano una brújula magnífica. Pensaba: Voy a hacer lo mismo que Tomoo, pero a lo grande.

Y lo hizo. Antes de eso, tras muchas otras noches de sake, le explicó su proyecto a Keisuke y le dijo: Necesito tu dinero para empezar. A modo de respuesta, Keisuke le contó una historia. Allá por el año 1600, el hijo de un comerciante deseaba hacerse samurái, y su padre le dijo: Soy viejo y no tengo más heredero que tú, pero los samuráis honran la vía del té, por lo que te doy mi bendición. Al día siguiente, Haru invitó a Keisuke a su habitación y, con los útiles de su abuelo, le preparó el té con una ceremonia sencilla pero algo solemne. Después bebieron sake y conversaron entre risas. La nieve que caía sobre los templos cubría los faroles, formando inmaculadas alas de cuervo. Sin previo aviso, Keisuke volvió a su tema de siempre sobre la inanidad de la religión. El budismo no es una religión, dijo Haru, o, de serlo, es la religión del arte. En ese caso, lo es también del sake, afirmó Keisuke. Haru le dio la razón y siguieron bebiendo. Al final, Haru concretó la suma requerida y Keisuke se la prestó.

Desde ese momento, Haru fue superando con maestría todos los obstáculos. Como no tenía sede, alquiló un almacén; como no tenía contactos, se sirvió de los de Tomoo; como no tenía reputación, se dedicó a construir la de los demás. Encandilaba a todo el mundo. Keisuke había dado en el clavo: era, en lo más hondo, un comerciante, pero, a diferencia de su padre, sería un gran comerciante porque no solo tenía ojo para los negocios, sino también para el té o, dicho de otro modo, para la gracia. A decir verdad, existen dos tipos de gracia. La primera resulta del espíritu nacido de la forma, y para esta Haru iba a Shinnyo-dō. La segunda no es sino la primera desde un ángulo distinto, pero, como adopta una apariencia específica, se le da el nombre de belleza: para esta, Haru iba a los jardines zen y frecuentaba a los artistas. Su ojo de té sondeaba sus obras hasta el alma, lo que él resumía diciendo: Carezco de talento, pero tengo mucho gusto. En esto se equivocaba, pues existe un tercer tipo de gracia que permea los otros dos y en la que Keisuke veía el talento supremo. Y, si bien en el caso de Haru radicaba en una paradoja, no era por ello menos poderosa: durante toda su vida fracasaría en el amor, pero en la amistad sería un maestro.

La amistad, que es parte del amor, sin embargo.

Un día, cuando ya Haru había dejado más que patente su predilección por las occidentales, Keisuke le dijo:

—Para mí, todo (la vida, el arte, el alma, la mujer) está pintado con una sola tinta.

—¿Cuál? —le preguntó Haru.

—Japón —contestó Keisuke—. No imagino siquiera tocar a una mujer extranjera.

Para Haru eso era inconcebible, aunque comprendiera el amor de Keisuke por su esposa y, a decir verdad, ¿quién no lo habría comprendido? Sae Shibata era cuanto el corazón podía desear. Al verla, uno sentía como si le clavaran una lanza. No dolía, era como mirar el lento proceso de una acción inefable. ¿Qué acción? No se sabía, en realidad no se sabía gran cosa: nadie habría sabido decir si era hermosa, baja, seria o vivaracha. Pálida, eso sí, pero, por lo demás, no quedaba nada, solo una intensa presencia con la que uno había hecho camino. Sin embargo, una noche de noviembre de 1975, un terremoto se llevó por delante un árbol, así como a Sae y a la pequeña Yōko, en una carretera de la costa cerca de Kaseda, donde vivían su madre y su abuela. Un temblor ligero, y luego nada. El árbol cayó sobre el coche y el infinito se apagó.

—Esto no es más que el principio —le dijo Keisuke a Haru.

—No hay razón alguna para que esto continúe —le aseguró Haru.

—No me cuentes cuentos —dijo Keisuke.

—De acuerdo —le contestó él.

Y diez años más tarde, el 14 de febrero de 1985, Haru estuvo junto al alfarero, sin palabras inútiles, cuando murió Tarō, su hijo mayor, y de nuevo veintiséis años más tarde, el 11 de marzo de 2011, cuando lo hizo Nobu, su hijo menor.

—Pero yo no puedo morir —le dijo Keisuke en la muerte del primero—. A eso se lo llama destino —precisó, tomando la copa de sake que le ofrecía Haru.

—¿Cómo lo sabes? —le preguntó este.

—Las estrellas —contestó Keisuke—. A poco que sepas escuchar. Pero no sabes escuchar, la gente de las montañas es tonta perdida.

En realidad, Haru Ueno era sobre todo brutal, como puede serlo a veces la gente de la montaña, y en poco menos de diez años su éxito superó todas sus expectativas. De sus inicios había conservado la costumbre de alquilar lugares efímeros y de presentar allí las obras. Lo único que había comprado era un almacén. Salvo eso, todo lo demás era distinto: ahora era rico, era poderoso y sus artistas eran aclamados. Ello se explicaba por diversas razones: una era la brecha por la que había sabido introducirse y, no menos importante, el hecho de que escogía con inteligencia no solo a sus pupilos, sino también, con una dosis igual de sinceridad y de cálculo, a sus compradores. No imagina uno hasta qué punto avivaba ello el deseo: la gente no quería únicamente las obras, sino también ser cliente de Haru Ueno. Al principio, oficiaba él solo, aunque Keisuke solía estar en un rincón mientras se concluían las ventas. No faltaba nunca el sake y se bebía hasta altas horas, y después Haru se llevaba a todo el mundo a cenar a algún sitio. Cuando todos los demás estaban borrachos como cubas, Keisuke y él volvían dando un paseo a la luz de la luna. En esas horas profundas, hablaban de cosas esenciales. ¿Por qué bebes?, le preguntó un día Haru, mucho antes de la muerte de su esposa. Porque conozco el destino, contestó Keisuke. Y cuando Sae y la pequeña Yōko murieron, le dijo: Te lo advertí. Otra vez, Haru le preguntó: ¿Con qué te quedas, con lo invisible o con lo sublime? Keisuke tardó unos días en volver y, cuando lo hizo, le trajo a Haru el cuadro más bello que había pintado en su vida. Unas veces se limitaban a admirar las estrellas mientras fumaban y conversaban sobre arte. Otras, Keisuke contaba historias que aunaban a partes iguales literatura clásica y folclore personal. Al final, cada cual se volvía a su casa, a doscientos pasos la una de la otra, a orillas del Kamo-gawa.

El Kamo-gawa. El metrónomo de la vida de Haru era su paseo semanal en Shinnyo-dō, pero su ancla estaba echada en las orillas del río que atraviesa Kioto de norte a sur, dividiendo la ciudad en dos entidades distintas. Todos los autóctonos lo saben: a la vieja ciudad se le toma el pulso en las orillas de este río, en sus riberas de arena, sus malas hierbas y sus garzas. Dame agua y una montaña, decía Keisuke, y te moldeo el mundo, el valle por el que serpentea lo inasible. Haru compró un viejo edificio en ruinas que bordeaba el río de espaldas al oeste y encaraba las montañas del Este. Aún no había concluido sus estudios de Arquitectura, pero desde luego sabía diseñar una casa. En el lugar de la casucha medio derruida, levantó una maravilla de madera y cristal. Por el exterior daba al agua y a las montañas; en el interior se abría a minúsculos jardines. En el centro de la estancia principal, en una jaula de cristal abierta al cielo, vivía un joven arce. Haru apenas amuebló la casa y lo hizo con gusto, mandó traer algunas obras. Su dormitorio lo quiso despojado del todo salvo por un futón y un cuadro de Keisuke. Por las mañanas, tomaba el té mirando a los corredores desfilar por las orillas plantadas de arces y cerezos. Por las tardes, trabajaba a solas en un despacho cuyas cristaleras en ángulo daban a las montañas del Este y del Norte. Luego se acostaba, tras vivir un día más en el valle de lo inasible. Pero la mitad del tiempo no estaba solo: en su almacén daba fiestas en las que se bebía y se bailaba entre contenedores; en su casa celebraba reuniones de amigos en las que se bebía y se charlaba, sentados delante de la jaula del arce. La gente iba por igual a casa de Tomoo, donde siempre estaba Haru, como a casa de Haru, donde siempre estaba Tomoo. Y, ya fuera en una o en otra, ahí estaba Keisuke.

Es el 20 de enero de 1979 y, naturalmente, ahí está Keisuke. Sae y Yōko ya han fallecido, pero Tarō y Nobu, sus dos hijos, siguen en el mundo. En la casa del Kamo-gawa recién inaugurada, Haru celebra con todos ellos su treinta cumpleaños. Asisten los invitados de costumbre, pero también algunos desconocidos y muchas mujeres. Se sirve el sake, hay risas ligeras, el tiempo se asemeja a una palma acariciada por la brisa. Fuera nieva y, en la jaula del arce, el farol de piedra luce unas alas de cuervo inmaculadas. Una mujer entra acompañada de Tomoo, Haru la ve de espaldas, ve su cabello cobrizo recogido en un moño flojo, su vestido verde, los brillantes en sus lóbulos. Habla con Tomoo, observa el árbol y se vuelve a medias, y él descubre su rostro. Entonces, sin previo aviso, como cae a veces la niebla, de pronto ya no hubo más ligereza.

—Un abanico no disipa la niebla —le dice Keisuke a un joven escultor sin mirarlo, pues es a Haru a quien mira.

Calla y, al cabo de un momento, el joven escultor se marcha perplejo, farfullando una disculpa; pero Keisuke, absorto en el incendio que se inicia, no le presta la menor atención. Sabe ver las estrellas y conoce los incendios, y esa mujer alberga uno, no le cabe duda. No tiene miedo por Haru —aún no—, sino por ella. Nunca había conocido a ningún ser que fuera de ese modo una *no-presencia*.

—Esta es Maud, es francesa —dice Tomoo, y Keisuke piensa: La niebla.

A su lado está Haru, y Keisuke piensa: El abanico. Se cruza con la mirada de la francesa de ojos verdes y elegantes ojeras. Le dice algo en inglés que Haru comenta con tres palabras, riendo.

—No hablo inglés —dice Keisuke en japonés.

Ella hace un gesto con la mano que lo mismo puede significar no importa o a quién le importa.

Todos tienen la sensación de que el espacio, o quizá el tiempo, se distorsiona, y luego las cosas retoman un curso en apariencia normal, y Keisuke sabe que la francesa pasará la noche en casa de Haru. Hay allí varias mujeres que son o han sido amantes suyas. Es un hombre encantador donde los haya y el mejor de los amigos, un hombre para quien el amor es una ramificación de la amistad, y la familia, una rama demasiado baja; te das con la cabeza, prefiero las ramas altas, solía decir antes de la muerte de Sae y de Yōko. Porque la amistad es parte del amor, en el funeral Haru dice: El destino elige mal sus ramas.

Esa noche, en cambio, Haru trata de disipar la niebla. Con una copa de sake en la mano, sin visibilidad, agita sus abanicos: el de la conversación en un inglés perfecto que todos los japoneses le envidian; el del humor, que maneja a usanza europea, y el del floreo, que le viene de frecuentar sobre todo a los franceses. Pero nada disipa el misterio. Ella le dice que es la jefa de prensa de una institución cultural, él intenta una lección de arte nipón. Ella lo escucha, impasible, y en un momento dado murmura *estoy de acuerdo* como quien dice *me muero*. Haru está perdido en esta mujer, le parece infinita y al mismo tiempo no está ahí, se encuentra frente a un vacío habitado por estrellas muertas. Se fija en que tiene una boca muy hermosa, cuyas comisuras, bien dibujadas, forman un pliegue extraño, y siente a un tiempo que logrará su propósito pero que se le escapa algo.

En la otra punta de la habitación, algo alarma también a Keisuke, aunque no sabe bien el qué. Tanto es así que, siendo como es el sake una luz que ilumina la raíz de las cosas, Keisuke bebe. Al cabo de una hora, el único resultado claro es que está borracho perdido, sentado en el suelo con las piernas estiradas, la espalda apoyada en la jaula del arce y la cabeza coronada, en transparencia, por unas alas de cuervo resplandecientes. Es una hermosa noche lacada de nieve, el cielo se ha helado, las estrellas iluminan su tinta sin brillar. La francesa y Haru están al otro lado del árbol y, de nuevo, a Keisuke lo asombra en ella una cualidad hueca que hace impotente al sake, pues la evanescencia no tiene raíces. Sin embargo, esa no-presencia, esos gestos líquidos e indiferentes despiden un aroma a incendio. Percibe el vestido verde esmeralda, los brillantes en los lóbulos, el carmín en los labios y el rostro delicado. Alrededor todo es indeciso, las proporciones, las articulaciones, la cohesión, la forma en que se reúne el todo. Keisuke no puede figurarse a esa mujer por entero y sabe que no es por efecto del alcohol sino de la ausencia en ella de las juntas invisibles que ligan los fragmentos dispersos de los seres. Lo sumerge el recuerdo de Sae, están en la casa del Kamogawa, reconoce la habitación, la luz, el cuerpo de su mujer y, en el incendio líquido que es Maud, detecta su fórmula inversa. A decir verdad, no percibe formas ni contornos, es como si se hubiera quedado ciego, pero esa ceguera a los parámetros usuales de la visión es lo que le permite ese discernimiento inédito. Atraviesa así las brumas donde se oculta lo visible y se revela lo invisible, abocado por siempre a la viudedad y al arte, el único territorio donde puede aún moldear presencias. A veces, a base de mucho sake, la amistad añade las suyas y, de entre todos, Haru es el que mejor luce en la oscuridad. Hay en este patán de las montañas algo *encarnado*, y pese a todo Keisuke percibe en él grietas que lo enternecen. En lo demás y, en particular, en el arte, están ambos en un segmento distinto del espectro: Haru persigue una forma, mientras que Keisuke trabaja en su depuración, buscando lo invisible en repliegues donde no existen trazos ni texturas ni colores. Todos se desvanecen para captar la cosa desnuda que ya no es cosa sino presencia y, en esa carrera con los ojos vendados, Keisuke espera siempre ver el espíritu en sí.

—Sin embargo, al final es una mujer o un cuenco —declara Haru.

—Estás ciego porque miras —le contesta Keisuke—, tienes que aprender a no mirar.

Y ahí está, pues, Keisuke, apoyado en la jaula del arce y, con su mirada graduada según la escala de Sae, se asusta del incendio que es Maud. Piensa: ¿Qué hace un fuego que corre en el vacío? No asciende, no se eleva, se consume despacio en sí mismo. Conforme su visión se agudiza, se intensifica su impresión de que se le escapa algo, le resulta extraño estar en el centro de la tragedia sin verla. Por desgracia, está demasiado ebrio para descifrar el espectáculo y mira fijamente a Haru balbucear mientras ella lo escucha pensativa, con la cabeza ligeramente inclinada. En cuanto a Haru, no repara en que Keisuke lo está observando. Ha bebido mucho, pero solo lo embriaga el favor de esa mujer extranjera que lo asombra y lo encandila, lo vuelve loco su perfil en relieve, su tez clara y su cabello cobrizo. Confusamente, percibe más allá —pero más allá ¿de qué?— otra extrañeza que decide explorar *después*. Lo único que quiere es besar esa boca, acariciar esos hombros y esos pechos, penetrar ese cuerpo, y piensa: Lo demás se desvelará *después*.

Cuando, cuarenta años más tarde, Haru Ueno contempla la muerte vestida de jardín, vuelve a ver sus vidas esculpidas por el después —el después de Sae, el después de Maud, el después de Rose— y piensa: Keisuke se pasó la vida diciéndomelo y yo hice caso omiso de todas las señales, no vi nada porque no dejé de mirar. Pero ese 20 de enero de 1979, los invitados van abandonando la casa, se llevan a Keisuke en una carretilla y las risas duran hasta la madrugada, pues el frío no asusta a los viajeros del antes. Uno de ellos, sin embargo, sabe que ya han pasado al después, que ya no habrá más que una larga letanía de después, que la vida no es sino un incesante después. Al tumbarlo en la carretilla, borracho como una cuba, Tomoo le dice *Haru*, pero Keisuke entiende *peligro*. Para quien tiene ojo interior, el sake es puro. Nada, jamás, altera su química. Keisuke cree que tendrá su pellejo pero no su alma. Mediante el ojo y el sake, han visto a Haru en peligro.

En la casa del Kamo-gawa, ahora vacía, Haru entra en el agua y la francesa lo sigue. Le habla de la madera de hinoki y de su nostalgia de los sentōs, cuando los japoneses aún no tenían baños en sus casas. Está sentada frente a él y acaricia el reborde de madera lisa de la bañera.

—Pero todavía hay sentōs —murmura.

Él asiente con la cabeza.

—Desaparecerán —dice.

La gran bañera resplandece en el claroscuro de la hora, la luna y los faroles del jardín interior iluminan su rostro y su cuerpo. Sus pechos son blancos, tiene hombros de bailarina, es larga como un junco y delicadamente delgada. Por una razón desconocida, Haru piensa en una historia que le contó Keisuke y se apodera de ese nuevo abanico.

—Hacia mediados del periodo Heian, en el año mil de vuestro calendario —dice—, hubo amaneceres de gran belleza. En el fondo de los cielos se marchitaban montones de flores púrpura. A veces, grandes aves cruzaban esos reflejos como de incendio. Vivía en la corte imperial una mujer recluida en sus aposentos, su nobleza sellaba su destino de cautiva, y hasta el pequeño jardín contiguo a su alcoba le estaba vedado. Sin embargo, para contemplar las auroras, se arrodillaba sobre la madera de la galería exterior y, desde el primer día del año, cada mañana un joven zorro aparecía en el jardín.

Haru calla.

—¿Y cómo sigue la historia? —pregunta la francesa.

—Una densa lluvia se instaló hasta la primavera —prosigue Haru—, y la dama instó a su nuevo amigo a reunirse con ella al abrigo de la lluvia, bajo un saledizo del jardín donde no había más que un arce y algunas camelias de invierno. Allí aprendieron a conocerse en silencio, pero una vez que hubieron inventado un lenguaje común, lo único que se dijeron fue el nombre de sus muertos.

Haru vuelve a callar y, esta vez, ella no dice nada. Él ha creído distinguir una silueta en la bruma, pero ahora le parece que una fortaleza crece, una fortaleza de sombras, inmensa e inexpugnable, y lo atenaza el deseo, también inmenso, de poseer a esa mujer. Más tarde se maravilla del milagro, de esos muslos abiertos, de ese sexo que penetra. Lo exalta su cuerpo, algo indefinible lo turba y a un tiempo amplifica su deseo. Ella mira fijamente el gran cuadro frente a la cama y, a veces, esboza apenas un gesto preñado para él de un poderoso erotismo. Justo después, Haru se sume en un caos de sueños en el que se responden como un eco el zorro y el baño. La mujer se hunde en él, escapándose entre sus dedos, prisionera pero líquida y, sobre todo, *en otra parte*.

Cuando despierta, Haru está solo. Ella vuelve las noches siguientes. En el baño, él le cuenta una historia. Después se van juntos a la habitación.

Cada vez, ella se queda mirando fijamente el cuadro. Su cuerpo es para Haru una fuente de deslumbramiento infinito. Siente que se sumerge en una corriente cristalina y, en esa no-resistencia total, ve una entrega total. Lo apasionan sus caderas, su piel, sus escasos gestos, y eso le hace perder certezas y puntos de referencia. Si las mujeres aman a Haru es porque él ama el placer de estas, pero con ella eso es algo que no se plantea. Ha cruzado una frontera y aceptado los usos de un país extranjero, imagina que también su placer está *en otra parte*. Días después, pensará que confundió indiferencia con consentimiento, abismo con pasión y, enseguida: que él quiso ese abismo. Pero esa noche, la décima, se tiende sobre esa mujer fantasma y entra en ella como se hiende una corriente negra. Un poco antes, esa misma noche, se vieron en casa de Tomoo y él solo soñaba con el instante en que abrazaría su cuerpo pálido. En un momento dado, para colocarse un mechón de pelo, ella hizo un gesto que hace también en el amor y, por primera vez en su vida, Haru quiso a una mujer —a esa mujer— para él solo. No piensa que, en esas diez noches, apenas le ha dirigido diez palabras. En la niebla, no ve el incendio. Ve unos ojos verdes y gestos de bailarina. Como siempre, mira una forma.

La penetra y su pasividad silenciosa lo lleva a éxtasis desconocidos. Sin duda, si ella se moviera, se rompería el hechizo, pero no se mueve, y Haru se extravía en su propio deleite. Va y viene en esa falla de luz, todo lo que esa mujer quiera lo querrá él también, y, de pronto, algo da un vuelco, y la encuentra distinta. En el alba naciente, su cuerpo desnudo es diáfano y, por primera vez, no mira el cuadro: lo observa. Tiene las pupilas dilatadas, los ojos oscuros, Haru siente el espanto de estar clavando vivo a un insecto. Su palidez es una trampa en la que se absorbe la luz, y Haru goza en silencio, embargado por una sensación de desastre. Ella se levanta, se viste y le dice que se marcha a Tokio, que lo verá cuando regrese. Haru no entiende nada, pero no alberga ninguna duda: es el final, y ni siquiera sabe de qué.

DESPUÉS

Así, Haru Ueno había nacido y moriría mirando un lirio. Ahora ya lo sabía: para estar presente en las cosas, tenía que nacer o morir y, cada vez, ocurriría en el jardín.

El Daitoku-ji zen de su juventud ofrecía una profusión de belleza sin parangón. En esas aguas fuera del tiempo se codeaban bambúes, camelias, arces, faroles, arena y edificaciones de madera esculpidas como encajes, con múltiples laberintos secretos y recovecos deliciosos. En Shinnyo-dō, por el contrario, el templo era oscuro, imponente, con aires de refugio en la tormenta. Por una misma austeridad, el jardín privado del monje principal no tenía más que tres piedras, un pino, una franja de arena gris y un farol arraigado en el musgo, pero, según una antigua tradición, la escena guiaba la mirada hacia el paisaje más amplio de las montañas del Este. Cuánto he amado esa unión entre lo abierto y lo cerrado, pensó Haru, y sin embargo ya no deseo más que estas tres piedras y esta arena rastrillada formando ondas. Recordó una de las historias preferidas de Keisuke: en la China antigua, el emperador le muestra su gratitud a un consejero juicioso rogándole que escoja un presente entre la infinidad de sus riquezas, pero el sabio pide solo un cuenco de arroz y una taza de té, una impertinencia que le cuesta ser decapitado. Keisuke se reía cada vez que la contaba, y hoy Haru pensaba: Me contaba esa historia para el día de mi muerte. Tengo el mundo en las manos y escojo un lirio y una rosa. Como precio de este tesoro, dentro de un rato me cortarán la cabeza. Una puerta se descorrió a su espalda y cerró los ojos. Han traído esto de parte de Keisuke, dijo la voz de Paul. Cuando se hubo quedado solo de nuevo, Haru volvió a abrir los ojos y vio delante de él un cuenco negro. Pensó: Por supuesto, todo se ató y desató en casa de Tomoo.

De hecho, Haru lo comprendió ya desde el primer amanecer: Shinnyo-dō era tierra de peregrinación, Tomoo era su guardián y Keisuke, el guía. Creen los monjes que solo los muertos cruzan el último río, pero Haru estaba convencido de que el alfarero lo había recorrido en vida y que el lugar donde fluía era Shinnyo-dō. Un día, también él lo cruzaría en la barca de la amistad y tal vez viera a su vez el mundo según el alfarero. Aunque no cortejase a la muerte, siempre se había sentido en su casa en la colina, pues creía en el té, en la verdad del río y en lo invisible hecho visible. Ahora, cinco decenios después de encontrarse con el cuenco de Keisuke en casa de Tomoo, lo veía de verdad por primera vez. El cuenco se desdibujaba, pero no desaparecía, era mate, sencillo, desnudo. Haru lo contemplaba y su forma no tardó en desvanecerse, no subsistía de ella más que una huella sin sustancia ni contornos, nacía de ella una quietud profunda, y Haru pensaba: Por fin atravieso la niebla.

Una semana después, la francesa regresó de Tokio, la vio en casa de Tomoo, ella lo recibió con una expresión hostil y Haru se alejó de ella. Ya no la deseaba, le veía una frialdad de reptil, estaba impaciente porque se marchase y su vida reanudara su curso. Keisuke no se dejaba ver, Haru se fue antes de que terminara la velada, volvió a casa, tomó un baño, leyó un poco y se acostó. No temía sufrir, aunque sabía que perduraría en alguna parte —en él, en ella— un vestigio de esas diez extrañas noches. Pero, con el tiempo, un tiempo exquisito de mujeres y de pasos en la nieve, empezó a notar una leve inquietud. Sentía el rastro de Maud rozarlo apenas en un punto ciego enclavado en su fuero interno. Pensaba en esos diez días con ella, pero era incapaz de *figurárselos*, todo estaba en un ángulo muerto, y era a la vez ciego y consciente de su ceguera. Aunque creía conocerse, ya no se percibía y, conforme proseguía con su vida de antes (insidiosamente, dudaba de que pudiera volver a ser tal), su inquietud iba en aumento. Cuando hacía el amor —cuando conectaba de nuevo con la alegría de hacer el amor con una mujer— no pensaba en Maud, pero tenía una comprensión nueva de sí mismo, como si un desfase ínfimo hubiera emborronado el mapa milimetrado de su ser. Más todavía, a la inquietud inicial había sucedido una sensación difusa de amenaza.

En la velada en casa de Tomoo, la última antes de que la francesa abandonara Japón, Haru coincidió con una inglesa. Conocía ya a su marido, un promotor inmobiliario de Tokio que acababa de instalar a su mujer y a su hijo en Kioto. No le gustaba como persona ni como empresario, pues no tenía más interés que el dinero. En el Sistema Haru, el dinero servía para realizar la vía del arte, para comprar sake y para construir jaulas de cristal para arces, y Beth, la mujer del promotor, estaba hecha de una madera similar a la suya. Los presentaron, hablaron un momento de cosas sin importancia y Haru supo que se acostaría con ella y que serían grandes amigos. Era una mujer dura, pero la suya era una dureza que no podía herirlo, pues exigía de los demás que supieran dónde habitaban, en sí mismos y en el mundo, y si no lo sabían, pasaba de largo. Como Haru, despreciaba el dinero, como a él, le gustaba mandar y construir, aunque en esa época estuviera al margen de la empresa de su marido, la cual, a su muerte, convertiría en un imperio. Después del amor, a Haru le gustaba verla sentada desnuda delante de él, rubia y angulosa, bebiendo una taza de té mientras charlaban de sus negocios respectivos. Haru sabía que tenía otros amantes, que a su marido no le importaba, que vivía con una libertad inconcebible, todo ello en un país de hombres y mujeres que no estaban acostumbrados a que estas fueran libres. Tenía un hijo de diez años, William, el único ser al que amaría jamás y al que, por culpa suya, perdería. Cuando hablaba de él, su piel se nacaraba y se le oscurecía la mirada, se volvía arrebatadoramente bella, iluminada por los goces del amor. El destino disfruta haciendo que nos deje exangües lo que un día nos sostuvo, y, para quienes lo encaran sin pestañear, multiplicando la fuerza de su castigo. Ese 20 de mayo de 2019, cuatro decenios más tarde, Haru veía a Beth y a Maud bañadas por una claridad nueva y pensaba: Se juntan así las piezas del puzle, creía amar la dureza de ambas, pero veía su extrañeza; su extrañeza, su soledad, sus heridas y las mías.

Esa noche de primavera de 1979, Haru y Beth se hacen amantes y, cuando besa sus labios de occidental, cuando se funde en ese cuerpo de occidental, siente que por fin Maud se aleja de él. Entonces, porque el destino se ensaña con quienes lo encaran sin pestañear, vuelve a llamar a la puerta de la casa del Kamo-gawa.

La que acude a abrir se llama Sayoko. En cuanto al mensajero del destino, tiene la apariencia de un hombre de unos cuarenta años, impecablemente vestido, erguido bajo un paraguas transparente y con un objeto envuelto en seda debajo del brazo. Se llama Jacques Melland, ejerce en París de anticuario especialista en arte asiático y tiene dos pasiones: los gatos siameses y Kioto. Aunque menos relevante, tiene también una esposa, tres hijos y cierta dificultad para entender por qué la vida trae a este mundo a los seres humanos en el cuerpo y el lugar equivocados. Al conocerlo el día anterior en casa de Tomoo Hasegawa, lo supo: le habría gustado ser Haru Ueno. Ahora que descubre dónde vive, el anhelo se convierte en dolor.

Sayoko lo mira, el hombre carraspea. Las japonesas en kimono lo impresionan, nunca se siente seguro de estar a la altura de su clan singular. Además, no sabe si es la esposa, la hermana, la amante o el ama de llaves de Haru. El día anterior, el marchante se limitó a decirle que fuera a visitarlo antes de la hora de cenar. Jacques Melland se ha arreglado como para una cita amorosa, y ahora no recuerda por qué está ahí; no recuerda siquiera que habla japonés y oye que se dirigen a él con una voz con notas quebradas:

—*Melland san?*

Asiente con la cabeza y la japonesa añade:

—*Ueno san wait for you inside.*

En el vestíbulo hay un gran jarrón de paredes oscuras del que se elevan como si volaran unas ramas de magnolio. En la habitación donde lo espera Haru hay un arce en el centro de una jaula de cristal. Jacques Melland detesta de pronto su piso del distrito VIII, una larga sucesión de cuartos con parqué punta Hungría. En Kioto siente a menudo ese tipo de rechazo, pero esta vez no desea solo vivir en ese lugar, también quiere convertirse en ese hombre. Lo desea tanto que pierde el hilo del relato sobre sí mismo que le gusta contar —elegancia, don de gentes y cortinas estilo Grand Siècle— y piensa: Daría diez años de mi vida por vivir la de este tipo. Ah, buenos días, buenos días, le dice el marchante en inglés, indicándole con un gesto que se acerque a la mesa baja ante la que está sentado. La japonesa se queda ahí un instante, con las manos cruzadas sobre su obi naranja, antes de desaparecer con pasitos silenciosos. Al poco, vuelve con una bandeja con un juego de sake adornado con flores de cerezo. El líquido que Haru le sirve es blanquecino, algo turbio y ligeramente chispeante.

—Es de Takayama —le dice—, mi padre y mi hermano tienen allí un pequeño comercio.

—¿Cómo hizo fortuna? —pregunta Jacques, y Haru ríe.

—Encontré mi casa —contesta.

Jacques mira a su alrededor.

—No, no —dice Haru—, esta no, pero si tiene tiempo mañana, le llevo.

El francés contesta que tiene tiempo, recuerda por qué está ahí y deja sobre la mesa el bulto envuelto en seda que se ha traído del hotel. Sabe que el japonés no lo abrirá delante de él, así que le dice:

—Siempre llevo una conmigo para regalársela a quien me abre una puerta.

—No la de la fortuna, supongo —dice Haru.

—No —contesta Jacques—, una puerta invisible.

Siguen bebiendo un rato en silencio, hasta que Jacques se levanta y Haru le dice:

—Mañana lo recojo en su hotel a las tres y media.

Al día siguiente, a las tres y media, Jacques Melland espera en la puerta de su hotel. Se ha puesto la chalina roja de lunares blancos de las grandes ocasiones y sabe que está en la antesala de unas nupcias secretas. En el taxi, Haru le cuenta una historia de un zorro, que Melland recordará un día —el de su muerte—, pero por ahora la escucha sin entenderla. El automóvil se detiene al fin delante de un camino que lleva a un gran pórtico rojo. En la cálida brisa de mayo revolotean pétalos de cerezo; más allá del pórtico, Melland alcanza a ver una escalinata de piedra bordeada de faroles y arces que sube hacia un templo bajo. A la derecha, una pagoda de madera; delante del templo, un amplio patio rodeado de edificaciones anexas. No hay nadie allí, y si Jacques Melland, con sus chalinas de seda, sus batines de cachemira y sus cenas en el Club, albergaba aún alguna duda, acaba de desaparecer de un plumazo, pues allí hay un sinfín de puertas invisibles. El francés sigue al japonés hasta la entrada del templo y, absorto en sus seísmos interiores, no escucha nada. Con reverencial embeleso, recorre suelos desconocidos y nota una presencia a su espalda, pero, al volverse, no ve a nadie. Se pregunta cómo ha podido pasar por alto ese lugar, cuando suele ir al de enfrente, el Pabellón de Plata, y frecuenta el santuario de Yoshida, a dos pasos de allí. Lamentablemente, conoce la respuesta: no es Haru Ueno, no es japonés, no es más que el pobre Jacques Melland. El marchante lo invita a rodear el templo y desembocan bajo la bóveda de arces más hermosa de toda la galaxia, las frondas se doblan formando un arco infinitamente elegante. Siente que se le encoge el corazón y, perdido en su beatífico suplicio, no oye la pregunta de Haru. ¿Disculpe?, murmura. El japonés repite su pregunta —¿qué hay entonces de esa puerta invisible?— y, sin esperar respuesta, enfila un sendero de piedra y arena que serpentea a la derecha entre cementerios.

A lo lejos, en algún lugar, suena un gong cuatro veces. En algún lugar también, a lo lejos, en los territorios íntimos de Jacques Melland, se produce una confluencia, y la realidad, aquella en la que camina entre tumbas y faroles de piedra, cambia de *materia.* Por todas partes oscilan en la brisa finas varas de madera adornadas con inscripciones en las que cree leer el texto de su entronización. Tras un breve paseo, llegan al final del camino, están en lo alto de una gran escalinata que atraviesa el cementerio hacia otros templos diseminados en el valle de la colina. A su espalda hay una pagoda de madera; por debajo de ellos, Kioto se extiende en su hondonada; más allá están las montañas del Oeste. El tiempo se disgrega en un polvillo ligero que, vertido sobre las vías del mundo, transfigura las horas y, entre nacimiento y muerte, Jacques Melland se demora en el camino de la vida.

Inmóviles en lo alto de la escalinata, contemplan la ciudad.

—Rilke —contesta Melland a la pregunta que Haru le ha hecho diez minutos antes.

El japonés lo mira.

—Ayer, en casa de Tomoo Hasegawa —dice Melland—, admirábamos las montañas cubiertas por la tierna vegetación de mayo, y yo dije: Es hermoso, pero la estación más hermosa es el otoño. Entonces usted citó a Rilke: «Caen las hojas, caen desde lejos / como muriendo en jardines de los cielos».

—Ah —dice Haru—, conozco esos versos por mi amigo Keisuke, es un fanático de Rilke.

—Es que es exactamente eso —dice Jacques—, Japón es eso exactamente: un cielo en el que mueren jardines.

Haru le sonríe.

—Jardines para dioses —añade Jacques—, ni se imagina lo importante que es para mí haber abierto esta puerta.

—Oh, sí que me lo imagino, créame —contesta Haru—, sé lo que es la vida de un hombre.

Callan un momento y luego Jacques pregunta:

—¿Qué gong era ese?

—El del Hōnen-in —contesta Haru—, los monjes lo tocan cada día a la hora del cierre.

—¿El pequeño templo al sur del Pabellón de Plata? —pregunta Jacques.

Haru asiente con la cabeza y señala una dirección con la mano.

—Estamos en Kurodani, el apodo con el que se conoce al templo de Konkaikōmyō-ji. Tochan vive en el flanco este de Shinnyo-dō, a dos minutos de aquí, el Pabellón de Plata está un poco más lejos, a veinte minutos a pie.

A uno y otro lado de la escalinata, hay caminos con tumbas y bambúes sagrados. Melland sabe que nada ocurre por casualidad y que, a partir de ese momento, toda su vida girará en torno a los instantes contenidos en el intervalo que separa la casa de Tochan de esa escalinata de cementerio. Morirá viejo, tal vez, y ha vivido bien, pero el núcleo de su existencia se despliega aquí y ahora, de una vez y para la eternidad. Inspira hondo, renaciente y en duelo, feliz y desesperado al máximo. Eso es, piensa, una vida se resume en dos días y unos cientos de pasos. El japonés no dice nada, pero Melland, profundamente enamorado de ese guía que acaba de hacer de él un peregrino, quiere honrar al destino que lo ha puesto en su camino.

—Una amiga me recomendó que fuera a casa de Tomoo y, gracias a ella, lo conocí a usted. Se trata de Maud Arden, ¿la conoce?

—Ah, Maud —dice Haru como si nada—, ¿cómo está?

—Oh —dice Jacques—, no lo sé, con ella es difícil saber.

Se distrae y, sin razón, vuelve a Maud.

—Sea como fuere, está embarazada —añade.

Se hace un silencio en el que Melland no repara, pero Haru ha olvidado por completo la presencia del francés. Hace tan solo un segundo, se estaba encariñando con ese negociante convertido en hombre de fe, ahora piensa que su tumba estará en el preciso lugar en el que ha sabido de la existencia de su hija. No alberga la menor duda de que el bebé que espera Maud es suyo ni de que será una niña. De pronto se descubre padre, padre deseoso de serlo —padre sin familia de una hija extranjera—, un sentimiento que acoge no sin sentirse abrumado. No sabe si no está en sus cabales o si nunca lo ha estado tanto como ahora. Alguien acaba de pulsar un interruptor y una habitación ignorada de su propio hogar se ha iluminado. Se siente a la vez perdido y exaltado, y piensa: Maud no era un final sino un comienzo. La sensación de complicidad —pero ¿con qué?— es tan fuerte que su vida entera se enrosca en ella. En el fondo del cielo, con esa misma claridad que asusta, ve apelotonarse las nubes. Piensa en donar dinero al templo, redacta mentalmente una carta para Maud, metaboliza la traslación vertiginosa de sus bienes hacia un ser que está por llegar y la cristalización de su vida en tres palabras grabadas en la piedra de Kurodani. No siente enfado ni incertidumbre, y piensa: Este hilo no puede romperse. Escucha distraídamente al francés mientras reanudan el paseo entre las edificaciones, y piensa que son dos hombres que han conocido una revelación y que trazan su camino por los senderos del espíritu.

—¿Cómo se llama su hijo preferido? —pregunta Haru.

—No tengo un hijo preferido, por supuesto

—contesta Jacques—, pero se llama Édouard. Los otros dos son unos tarugos. Creo que será gay y que tomará las riendas del negocio.

Después conversan despreocupadamente, saben que el momento ha pasado, que volverán a verse y no tendrán nada más que decirse. Haru lleva a Jacques a su hotel, entra en la casa del Kamo-gawa y llama a Manabu Umebayashi, un japonés afincado en París que se codea con todo el mundillo de la cultura. Le pregunta la dirección de una tal Maud Arden y, al día siguiente, le envía una carta que dice: Si el niño es mío, aquí estoy. Las semanas se estiran en la bruma y, al fin, Haru recibe una respuesta: El niño es tuyo. Si intentas verme o verlo, me mato. Perdóname.

Al cabo de un largo tiempo de estupefacción y espanto, sostenido por el mismo hilo invisible que lo había convencido de escribir a Maud, Haru hizo lo que mejor se le daba en el mundo: organizarse. Para ello, tras eludir brevemente el tema, se sinceró con la otra maestra de la organización de la casa. Sayoko le había abierto la puerta al mensajero del destino y sería su único testigo. Haru le contó que pronto sería padre de una niña francesa a la que no le permitirían ver. No por el momento, al menos, precisó, y añadió: Se lo digo porque habrá fotos. Ella asintió con la cabeza, fue a la mesa baja junto al árbol y dedicó la hora siguiente a llevar la contabilidad. Por fin se levantó y le trajo a Haru una taza de té. ¿Será niña?, preguntó. Él asintió y ella se fue.

Seis meses antes, por la sala del arce había desfilado toda una cohorte de aspirantes a ama de llaves, pero solo Sayoko destacaba sobre el fondo del árbol con la claridad de un ramaje singular.

Haru la observaba mientras miraba la jaula de cristal y el peregrino reconocía en ella todas las señales. Su hogar estaba allí donde estaban su marido y su hijo, pero el lugar en el que había vivido y viviría su verdadera vida era la casa del Kamogawa. Por lo demás, tenía todas las habilidades requeridas para la función, las que ordenan lo visible y las que amaestran lo invisible. Además, adoraba a Keisuke, que formaba parte del mobiliario cuando dormía la mona en el sofá de la gran sala. Según su heterodoxa clasificación de las divinidades del sintoísmo y el budismo, estaba persuadida de que era un tipo de héroe aclamado por ambas religiones, y ni el mal aliento ni los estruendosos ronquidos del alfarero bastaban para disipar su convicción: dado que Keisuke veía lo que los demás no veían, tenía derecho a beber para encontrar su camino en la vida diaria. Asimismo, necesitaba un santuario donde vivir su arte y su duelo, y ese santuario era la casa frente a las montañas a orillas del río. Eso lo sabían instintivamente Sayoko y sus kimonos, su placidez y su genio para la intendencia, por lo que apreciaba a Haru, pero veneraba a Keisuke.

Las semanas siguientes, Haru organizó la nueva coreografía de su vida. Contestó a Maud: Respetaré tu deseo, no intentaré ver a mi hija, no te hagas daño. Por mediación de Manabu Umebayashi, contrató a un detective que hablaba inglés y a un fotógrafo, les dio instrucciones precisas y les pagó generosamente. Mandó instalar unos paneles de ciprés en su despacho y esperó a que el tercer hilo de su vida apareciera en el escenario del mundo. Colocó en su mesa de trabajo el regalo de Melland, una reproducción de una pequeña estatuilla primitiva color marfil que, según se informó, representaba a una diosa de la fertilidad; las cosas del destino, pensó. El verano fue aún más cálido de lo habitual, Haru disfrutó del calor húmedo mientras, por efecto de un mecanismo insondable, su desdén por la paternidad se había transformado en esperanza. Algo en él quería a esa hija nacida del desastre, y una certeza exquisita arraigaba incluso en él: vendría un día a su colina y, a su vez, se descubriría peregrina.

En la prolongación de unos días estivales dedicados a la espera, a las mujeres, al sake y al arte, llegó un otoño particularmente clemente. En las montañas, los árboles se derramaban como incendios. En el fondo del cielo se marchitaban infinidad de flores púrpura. En el brillo rojizo de los arces latía el corazón del Japón antiguo. Conforme se iba acercando el nacimiento de esa hija extranjera, Haru se persuadió de que florecía en él un amor renovado por su tierra natal. El 20 de octubre se hallaba en su casa con Keisuke, saboreando una copa de sake.

—Cada vez me gusta más Japón —declaró, y Keisuke soltó una carcajada.

—Eres un extranjero aquí —le dijo—, por eso te acuestas con occidentales.

—Soy tan japonés como tú —replicó Haru sorprendido.

Keisuke no dijo nada.

—Pertenezco a Shinnyo-dō —insistió Haru.

—Eres un peregrino —dijo el alfarero—, vagabundeas por tu propia vida. Puede que hayas encontrado tu casa, pero, en el inicio, eres un hijo de las montañas que se arranca el corazón y se exilia. Pero, para huir de la norma, huyes de la verdad.

—¿La verdad?

Keisuke se rio.

—La verdad: el amor.

Haru se disponía a responder, pero sonó el teléfono y fue a contestar la llamada del nuevo mensajero del destino. Cuando volvió, Keisuke le recitó dos versos del mismo poema cuyos primeros versos le había dicho él a Melland:

—«Y cae en las noches la pesada tierra / desde los astros a la soledad.» Hasta Rilke comprende tu país mejor que tú.

Pero a Haru le traía sin cuidado. Le traían sin cuidado la tierra de Japón, el exilio, los astros y la soledad. Le traía sin cuidado todo aquello que, hasta entonces, había tenido sentido para él. Esperó a que se marchara Keisuke y, cuando Sayoko fue a llevarse el sake, le dijo:

—Se llama Rose.

Lo pronunció a la inglesa, la lengua que le enseñaba para las recepciones con los occidentales.

—¿Rose? —repitió Sayoko, pronunciándolo a la japonesa.

Haru asintió, ella no dijo nada más y se volvió a su zona de la casa. Más tarde, Haru tomó un baño, leyó un poco, apagó la luz y se durmió con una sensación de gracia.

Despertó en mitad de la noche y, con la misma evidencia que le había mostrado las nubes apelotonadas sobre su valle, se asustó del porvenir —de la soledad y de la pesada tierra—, volvió a acordarse sin motivo del zorro y de su dama cautiva, se levantó y fue hasta la jaula del arce. El árbol murmuraba tenuemente y, tras un momento de desconcierto, Haru entendió el mensaje. Como siempre, no oía las estrellas. Como cada vez, esa mujer lo había cegado. Arrojaba sobre las cosas una luz violenta que, paradójicamente, le impedía ver, y entonces se engañaba a sí mismo, creía que tenía control sobre las cosas, imaginaba un futuro que no podría realizarse en absoluto. Al final, sin embargo, todo era transparente. Su hija había nacido y él no la conocería. Había venido de los astros y lo condenaba a la soledad.

De modo que, como no podía cambiar el destino, Haru Ueno se cambió a sí mismo, y de esa noche nació toda una serie de metamorfosis.

Para empezar, se informó. Averiguó dónde y con quién vivía Maud, siguió el hilo de su historia, su cartografía social, sus constelaciones de amigos. En unas semanas, reunió sobre ella una gran cantidad de datos. Pero no averiguaba para saber, sino para que su deseo de conocer a su hija pudiera ver la luz. Ese deseo no podía permanecer en su fuero interno. Sentía su peso en el pecho desde que se levantaba hasta que se acostaba. Alteraba su complicidad con la existencia. Lo separaba del mundo mediante una pantalla invisible. Haru estaba frente a sus montañas y no sentía más que el recuerdo de un embeleso esquivo. Navegaba entre un punto ciego en su interior y un territorio lejano, donde se encontraba la llave de su ser. La certeza que tenía de conocerse a sí mismo se erosionaba poco a poco. Peor aún, el único momento en el que se sentía renacer, en su paseo por el Shinnyo-dō, dejaba paso, en la casa del Kamo-gawa, a un sentimiento de soledad aún mayor.

Pronto, ahíto de información hasta no saber qué hacer con ella, como una serpiente tuvo que digerir, ayunar y mudar de piel. Rumió el alimento que le habían servido, leyó y releyó los informes, escudriñó las fotografías, atormentado por la sensación de mirarlas sin verlas. Estaba lo que decían las imágenes y lo que no decían. Decían: Maud Arden, veintiocho años, soltera, dividía su tiempo entre París, donde trabajaba, y el valle del Vienne, en Turena, donde vivía su madre, Paule Arden, viuda. En una de las imágenes, tomada con teleobjetivo, se veía la configuración de la propiedad. Construida sobre una loma, dominaba el río frente a las colinas que se arremolinaban en la orilla opuesta. En el centro del jardín se erigía una gran casa de proporciones armoniosas, con altas ventanas y un porche de hierro forjado. Haru encontró hermosas la claridad de la piedra y la vista sobre el valle, donde serpenteaba lo inasible; hermosos, también, los árboles majestuosos de la finca. Un día en que no había nadie, el fotógrafo entró y tomó numerosas fotos. En ese parque sin agua, todo tenía melodía de arroyo y, por ello, Haru creía ver en Paule a una aliada. Parecía caminar a grandes zancadas, detenerse y levantar la cara hacia las nubes con gesto pensativo, y había en sus ademanes fijados por la fotografía una fluidez en la que reconocía la presencia movediza del espíritu. Alta, morena, erguida, parecía la antítesis de su finca, un entramado de enredaderas y de rosas antiguas en el que uno se sumergía como en una charca secreta. Por incomprensible que le resultara su mundo, Haru imaginaba que, en su jardín, ella se volvía líquida, que le gustaba la lluvia, que le gustarían los musgos de Kioto, y adivinó —o quiso creer— que Rose le debía su nombre de flor. Naturalmente, al principio esa irrupción por la fuerza en la vida de una desconocida le pareció culpable, así como su impaciencia por recibir los informes y las largas horas que dedicaba a consultarlos. A su alrededor, en su despacho, se depositaba una quietud extraña, la materia del aire cambiaba: su ojo atravesaba el espacio y desvelaba, a diez mil kilómetros de distancia, otra vida, una vida decididamente distinta. Poco a poco, sin embargo, conforme se iba prendando de esa mujer elegante, se sentía menos culpable y, cada día, le dirigía una oración muda en la que ponía toda su deferencia y su gratitud.

Pues junto a ella crecía su hija. Conoció a Rose en el jardín, dentro de un capacho, en un cochecito de bebé y, al llegar la primavera, en un parquecito en la hierba donde, por primera vez, la descubrió de verdad: pelirroja, pálida, menuda, mientras, inclinada sobre ella, sonreía la mujer alta y morena. Pese a haber perdido a su marido muy joven, al provenir de una familia acomodada, Paule Arden no se había visto obligada a trabajar ni a casarse de nuevo. Tenía unos cuantos amigos en el pueblo de al lado, cultivaba sus rosas en la compañía amigable del viento, la lluvia y los recuerdos, pasaba la mayor parte del tiempo al aire libre. Haru no veía para su hija mejor tutora que esa estrella soñadora acostumbrada a la tristeza y a las flores. Las veía reír juntas y pensaba: Ese vínculo no puede romperse. Del padre de Maud, en cambio, no sabía mucho, parecía haber muerto prematuramente sin dejar en el mundo huella visible a ojos de los vivos, y si en el interior de la casa había reliquias y retratos suyos, Haru no tenía acceso a ellos. Por una razón misteriosa, presentía que el destino de su hija pertenecía a las mujeres, sin pensar que esa intuición lo excluía a él también, que crecía sin padre como lo había hecho su madre antes que ella, que él era de igual modo un fantasma del que no había retrato en ninguna parte. Por otro lado, ¿por qué se habría considerado ausente si se sabía del todo vivo y presente?

En esos primeros tiempos, digirió su alimento, examinando las fotos de Rose, pelirroja, risueña, adorable, tumbada en la hierba mirando al cielo. No se cansaba de contemplarla y, sintiéndose con recursos suficientes para ayunar, se dio un año entero de paciencia. Ya no dudaba de lograr su propósito y seguía viviendo a la manera de los amantes clandestinos, con la perspectiva del reencuentro secreto. Sayoko entraba en el despacho, dejaba el té o el sake, pasaba por delante de las fotografías clavadas en los paneles de ciprés y se marchaba sin decir palabra. Cuando venía Keisuke, Haru lo recibía en la sala del arce, lejos de su despacho, convertido en un santuario que unía Kioto con un puñado de colinas lejanas. Leyó numerosos libros sobre Francia, se documentó con esmero, pero no quiso aprender francés: a su hija le hablaría en japonés, naturalmente. Por último, meditó largamente sobre las maneras de abordar a Maud y se decidió a escribir a Paule cuando Rose celebrara su primer cumpleaños.

No lo hizo. Estaba lo que los informes decían y lo que no decían. Pero lo que no decían Haru lo veía. Todos los fines de semana, Maud iba en tren a casa de su madre, en algunas fotografías se la veía en el jardín, fumando un cigarrillo, de espaldas al parquecito de la niña. La mañana del primer cumpleaños de Rose, cuando Haru leía en su despacho, Sayoko le llevó el sobre trimestral de Francia. Contenía fotografías de un camión al pie del edificio donde vivía Maud en París y otras en las que se lo veía delante de la casa de Paule, con dos palabras a modo de explicación: Se muda.

Haru alzó los ojos hacia sus montañas. En las fotos, los cielos de Turena eran inmensos, se combaban para formar una amplia cubierta por encima de la tierra verde. Pensó que en Kioto no había bóveda, no había infinito, solo brumas que se elevaban al atardecer sobre las laderas. Las hojas de los cerezos y los arces, en las orillas del Kamogawa, se tornaban rojizas, los corredores matutinos desfilaban en silencio, el espacio y el tiempo se deshacían, la vida de Haru se escindía. En una fotografía se veía a Maud cruzada de brazos delante del porche, pero en realidad no se veía a nadie. Le volvió un recuerdo de su infancia, una obra de nō en el santuario vecino, con espectros y mujeres perdidas sobre un fondo de biombos y de pinos de montaña. La recordaba como un sueño que ninguna representación posterior en el teatro había podido borrar, un sueño tenebroso que permanecía en él e impregnaba su vida, año tras año. Maud se mudaba a casa de su madre como quien toma el hábito, renunciando al mundo con una mirada de fantasma, y Haru no dudaba de que se mataría si él volvía a entrar en su vida. Ironía del destino, nunca su negocio había marchado tan bien, lo abrumaba la idea de que su éxito fuera proporcional a la zozobra de su corazón, la idea de que si era un gran marchante era solo porque fracasaba como padre. La vida, que hasta entonces solo había albergado promesas de conquista, se presentaba bajo un ángulo nuevo: estaba rasgada en dos como el papel de seda, y alguien —esa mujer— mantenía separados los fragmentos. La tragedia ya no era cosa del mundo, se había infiltrado en él, y estaba condenado a ayunar. Entonces, como no quería aceptar la ecuación del destino pero no podía resolverla desde fuera, Haru mudó de piel.

Cambió con la misma determinación que ponía en todo y, para ello, volviendo a su corazón arrebatado a las montañas, no miró hacia el futuro sino hacia el pasado. Se fue a Takayama.

En la ciudad visitó a su padre y a su hermano, encontró cansado al primero y preocupado al segundo. Bebieron sake e intercambiaron breves noticias. Cuando Haru se despidió, Naoya lo siguió fuera y, de espaldas al negocio, le dijo: Está perdiendo la cabeza, ¿sabes? Haru subió la calle de las tiendas de sake, un agujero en el espacio-tiempo que llevaba a los manes del Japón antiguo. Pensaba: Kioto es el pulmón, y Takayama, el corazón, un corazón sencillo y ferviente, anclado en esas casas sin edad que van a la deriva en la ola del tiempo. Se dirigió a la vivienda familiar, a un cuarto de hora en coche del centro de la ciudad. En su juventud, su padre bajaba andando cada mañana de la montaña. A veces se quedaba a dormir en la ciudad, en la planta de arriba del negocio. Otras veces caminaba a la luz de la luna en la noche helada y seguía el torrente hasta la casa, situada en la orilla. En medio del vado había una gran piedra; en invierno, las aguas solo dejaban ver la parte de arriba, cubierta de escarcha. Haru había crecido viendo caer y fundirse la nieve sobre esa roca, le debía su amor por la materia y su inteligencia de las formas. Solía pensar que había recibido menos de su padre que del río o, mejor dicho, que había aprendido de los suyos —sin conocimiento— lo que no quería. Todo era bregar, comer, dormir y vuelta a empezar. El duro trabajo no dejaba paso a la contemplación sino a la ausencia de trabajo. Solo había tiempo para una materia bruta cuya faz oculta nadie percibía. Por el contrario, el río frente a la casa decía: El mundo solo desea exhalar sus formas. Trabaja duro para abrir puertas invisibles.

Proporcionalmente a la lejanía de su hija extranjera, Haru buscaba en su propia cultura raíces nuevas. La mayor de las puertas invisibles, la que conducía a todas las demás, llevaba el nombre del té. Haru estaba dispuesto a caminar sin tregua, siempre que fuera sobre baldosas regadas con agua pura. La existencia debía ser un camino bajo aguaceros coronado por una transparencia movediza. En el frescor, bajo los destellos de luz, ondeaba un territorio en el que se veneraba la belleza y se creía en el espíritu. En Takayama sabía dónde y con quién franquear esa puerta. Bordeó el río, siguió un camino bajo los árboles, aparcó en la cuneta y continuó a pie. Se oía el torrente y el murmullo del viento en los pinos; entre las ramas, los rayos de sol formaban una trémula vidriera. La cabaña apareció a la vista con su tejado de chamizo, su porche de madera, el huerto al borde del torrente y, planeando sobre todo ello, una atmósfera de soledad y de fuerza. Era noviembre, en la otra orilla las hojas de un arce joven se elevaban, rojas y ligeras, nuevas y ya murientes. No había nadie, Haru se dirigió al río, se sentó en el porche que dominaba las plantaciones de calabazas y de shiso y se abstrajo en la corriente de los rápidos. Un ruido lo sacó de su ensimismamiento y, saliendo del bosque, Jirō se reunió con él y le indicó con un gesto que entrara. El anciano tenía en la ciudad una tienda de antigüedades en la que se mezclaban baratijas y tesoros. En su montaña, era señor de un reino de austeridad y de gracia. Instaló a su invitado en la habitación principal y le preparó el té. En Kioto, Haru había participado en numerosas ceremonias del té, había vivido otros tantos éxtasis y otras tantas decepciones. Unas veces se operaba la magia, otras, en atmósferas frías y formales, se limitaba a aburrirse con educación. Pero siempre se celebraba la civilización del té, uno se bañaba en el río por el que habían pasado los maestros antiguos y escuchaba la lección de la sobriedad elegante y la humildad refinada. Jirō, en cambio, oficiaba en el caos de una cabaña llena de libros, objetos y utensilios varios. En las paredes no había flores ni rollos de caligrafía. En la entrada se amontonaban cajas de cerveza. Los tatamis estaban viejos y algo apolillados. A un lado, por una puerta corredera se entreveía una cocina desordenada. Aunque muy limpio, todo estaba patas arriba.

Sin embargo, allí el espíritu hablaba al espíritu. Un hervidor de hierro, colocado sobre un soporte esmaltado, murmuraba sobre un infiernillo de carbón. Alrededor de Jirō, dispuestos de cualquier manera, los instrumentos del té y un recipiente de agua fresca; sentado con las piernas cruzadas, el anciano hacía girar las varillas sobre el polvo verde, riendo. ¿Qué más quieres que agua de montaña y un poco de fantasía?, le dijo un día a Haru. No entiendo esas ceremonias sofisticadas, realizadas con caras de funeral. De hecho, aunque apenas conservara nada de la ceremonia, de sus códigos y sus rituales, en él resplandecía la vía del té. Resplandecía en la pulcritud impecable de los utensilios, en la pureza del agua, en la sombra tornasolada de los árboles. Resplandecía en la intención y la modestia de la decoración, en los gestos precisos de un hombre de buen corazón. Era un resplandor mate, sin brillo, una camaradería: las obras de té vivían y te atraían hacia sí mediante lazos de amistad. El mundo de fuera se estremecía, la habitación se hacía presencia, el aquí y el ahora resplandecían y, durante una hora, dos amigos vivían uno junto a otro fuera del tiempo.

Haru bebió el primer té espeso, una pasta amarga con sabor a verdura y a bosque.

—¿Qué haces en la ciudad? —preguntó el anciano.

—He venido a ver a mi padre.

—Huy —dijo Jirō—, en absoluto.

Volvió a tomar el cuenco de Haru, añadió agua y batió el resto de pasta pegado a las paredes hasta hacer espuma.

—¿Cómo van los negocios? —le preguntó.

—Muy bien —contestó Haru.

Jirō dejó el cuenco delante de él sobre el tatami.

—Vergonzosamente bien, incluso —añadió Haru.

El anciano se rio.

—Somos comerciantes —dijo—, la vergüenza es nuestro día a día.

—No me avergüenza ganar dinero —dijo Haru sorprendido.

—Me refiero a la de tener que agradar —dijo Jirō.

—Yo no busco agradar —dijo Haru.

—Lo haces de manera instintiva, pero lo haces —dijo Jirō—, y no deja de ser una vulgaridad.

Un cuervo graznó a lo lejos, y Haru tuvo la sensación fugaz de que el torrente escindía la existencia en dos. El sol atravesaba las frondas y le mostraba las orillas opuestas de su vida. En una estaban las mujeres, el sake, las cenas de negocios y las fiestas; en la otra, las obras de arte, Keisuke y Tomoo. En el centro, en una zona de misterio bañada en agua viva, flotaba Rose, enigmática y etérea.

—Puedes contarte los cuentos que quieras —prosiguió Jirō—. Al final, estarás solo con ellos y verás si te consuelan o te hacen daño.

—Creo que sé quién soy —dijo Haru.

—Entonces ¿qué haces aquí?

Haru se disponía a responder: Visitar a un viejo maestro, pero una brisa ligera hizo tintinear la campanilla de viento de la entrada. Fuera corría el río, en los pinos cantaba el viento, a través del té vagabundeaba en el hermoso extravío de las cosas. Una curiosa sensación se extendió por su pecho. ¿Tendrá razón?, pensó. Y, por primera vez en su vida: ¿Me estaré mintiendo a mí mismo? Jirō estaba apoyado en la pared, con los ojos cerrados. ¿Qué va uno a buscar en el té sino lo invisible?, se preguntó Haru. De nuevo lo asaltó la idea de que esa mujer le había confiscado algo o, quizá, había anclado en él un territorio en el que caminaba a ciegas. Los dos amigos permanecieron en silencio, y Haru reconoció el frescor que invadía ahora su espíritu. Aunque habitado por murmullos y llamadas lejanas, era el del vacío que la vía del té ofrece a sus peregrinos. La vida se despojaba de sus ornamentos y, como en Shinnyo-dō, se le ofrecía sin adornos. Deambulaba por un valle poblado de estrellas y esperaba que, esta vez, supiera escucharlas. ¿Me transmiten las palabras de mis antepasados? ¿De mis hermanos? ¿De mis jueces?, pensó. Y, turbado por esa insólita trilogía, sintió formarse en él una intuición.

Jirō abrió los ojos.

—Un hombre que cree conocerse es peligroso —dijo.

Haru se levantó.

—Por cierto —añadió el anciano—, tu padre no está bien.

Al ver que Haru no contestaba, dijo:

—¿No quieres verdad? Entonces tendrás desolación.

Valiéndose de esta advertencia, y resuelto a escuchar las estrellas, Haru empezó por la pista de los antepasados: fue a buscar la verdad a casa de su padre. Allí encontró a su madre.

O, más bien, encontró silencio y soledad y, sentada entre ambos, una mujer que cortaba en láminas unas setas matsutake, inclinada sobre la mesa de la cocina. Le llegaba el aroma en la penumbra naciente. Pulsó el interruptor, ella levantó unos ojos extrañados y luego se acercó a saludarlo alegremente, acompañada por el silencio y la soledad, que parecían moverse con ella. Haru tuvo la sensación fugaz de que era una obra que le resultaba familiar, una obra en la que se representaba sin fin la misma escena —ella esperaba en la oscuridad, lo miraba extrañada e iba a su encuentro con alegría—, pero enseguida lo invitó a sentarse y le sirvió un té, preguntándole por su salud, por sus negocios y por su vida en Kioto. Cuando calló, él le señaló las setas.

—Naoya ha ido a cogerlas esta mañana —le dijo ella.

—En el mercado las venden a precio de oro —comentó Haru.

Ella se rio.

—Hasta los pobres son ricos.

Con una expresión indescifrable en el rostro, añadió:

—Las preparo para la cena, tu padre y tu hermano no tardarán.

—¿Naoya cena aquí? —preguntó extrañado.

Ella asintió con la cabeza sin decir nada. Puso las setas, espolvoreadas de sal, en una olla de hierro y añadió arroz, sake, mirin, salsa de soja y dashi. Lo mezcló todo y tapó el recipiente con un trapo blanco con gestos precisos, bañados en silencio. Haru volvió la cabeza y, a la luz del atardecer, vio por la ventana los pinos oscuros que se recortaban sobre un fondo de tinta diluida. El torrente bajaba por la pendiente de su infancia, llevándose consigo las voces de sus antepasados y suscitando en él deseos opuestos de intimidad y de huida. Cuando ya se abstraía en ese balé de sombras, aparecieron su padre y su hermano y, con ellos, el olor a levadura de la fábrica, el olor de su infancia. Se lavaron las manos, y Haru pensó que su padre tardaba más de lo normal. Su madre había puesto la olla a cocer a fuego lento y estaba sirviendo el sake, los estratos de tiempo se separaban, cada acto y cada palabra parecían aislados unos de otros, envueltos en una ganga de tristeza. La conversación deslavazada, la silueta de su padre delante del fregadero y el frescor del alcohol no alcanzaban a formar un todo.

—¿Por qué vienes siempre en primavera? —le preguntó de pronto su padre.

—Vengo en cada estación —contestó él sorprendido.

—Sin embargo, la mejor estación es el otoño —prosiguió su padre sin oírlo.

Haru quiso decir algo, pero Naoya le hizo una señal discreta.

—Sí, el otoño —insistió su padre—, la mayoría de las cosas buenas ocurren en otoño.

En el rostro de su madre surgió una expresión desconocida y, de nuevo, Haru pensó en la obra de nō de su infancia, en sus espectros temibles, en su decorado de montañas y de miedo. ¿Es esa la lección de mis antepasados?, se preguntó. ¿Un padre todavía joven que empieza a perder la cabeza? Su madre puso la mesa, trajo el arroz con setas y les sirvió con una lentitud inhabitual. Fuera caía la oscuridad y, con ella, una especie de velo ligero, insólito, que alteraba la percepción de Haru. Cenaron en una noche densa, eterna, irrevocable. De vez en cuando, su padre asentía con la cabeza, murmurando para sí, y Haru se sentía atrapado en tinieblas. Pensó que debía escapar de esa escena poblada de fantasmas, pero en ese mismo instante su madre le sonrió, y Haru recordó una historia que le había contado Keisuke. Poco antes del fin del periodo Heian, un monje le confía a su madre su sueño de peregrinar a China. El viaje hasta el monte de las Cinco Terrazas, meca del budismo, debe durar tres años. Ella tendrá ya ochenta, son los últimos sobresaltos de la era, sabe que no conocerá la siguiente. Pero, sobrecogida, se queda muda, y el hijo se despide de ella. Pasan varios meses, en el suspense y la inquietud, hasta que, una mañana, este le anuncia su próxima partida. De nuevo, la mujer no es capaz de pronunciar palabra a causa del dolor y, una vez más, el hijo se retira. Aunque ella espera el momento de la despedida, este se marcha sin volver a visitarla. Ella no le guarda rencor, se reprocha a sí misma su silencio, llora hasta quedarse sin aliento y escribe un diario de su aflicción, que acompaña con magníficos poemas. Al final, desea morir. No entiendo la intención de la historia, le había dicho Haru en ese punto del relato. ¿No ves la grandeza de amar a un ingrato?, le había preguntado Keisuke.

Haru bebió un sorbo de sake y miró a su padre. ¿Debo mi buen gusto a la incompetencia de mi corazón?, se preguntó, turbado por la idea de que tal vez el arte fuera la parte sin carne del amor, la parte sin fantasmas y sin desasosiego. Una idea insidiosa y desagradable se abría camino en él. ¿No indicaba esa ausencia de carne la sequedad de su alma? ¿Lo único de lo que había logrado huir era de la cercanía con los suyos, con su sufrimiento y su destino? Entonces el velo que le alteraba la percepción se desvaneció y vio la escena de otro modo. Las tinieblas habían dejado paso a un halo en el que gestos y miradas se fundían en un mismo espacio cálido. La habitación olía a mantillo, a lluvia y a tierra fría, y en ese aroma a sotobosque cenaba una familia. Haru le hizo a su hermano varias preguntas sobre el negocio, y aunque en un primer momento contestaba de mala gana, Naoya fue animándose a hablar con él. Su padre se unió a la conversación sin traspiés y prolongaron la sobremesa, saboreando el sake mientras charlaban relajados. En un momento dado, Haru les contó que habían cargado a Keisuke, borracho perdido, en una carretilla de una obra cercana, y todos se echaron a reír. El mundo se había escindido de nuevo: fuera, la inmensidad protectora de las montañas y los árboles, dentro, aquella dulce, triste, profunda e inaccesible de los suyos. Por fin, *en otra parte*, inmóviles y secretas, velaban las estrellas.

Después de despedirse de sus padres y su hermano, apiñados bajo el pequeño porche de la entrada, Haru se metió en el coche. Por el retrovisor, más que ver, adivinó a su madre agitando la mano y le devolvió el gesto. Veinte minutos lo separaban de la posada, veinte minutos que, intuía, sellarían su destino como padre: veinte minutos, pensó, y toda la fuerza del sake y del té. Pasó por delante del pequeño santuario en el que de niño había asistido a la obra de nō, pero ya no sintió miedo de los recuerdos espectrales. La silueta de su padre lo acompañaba, la presencia de antepasados benévolos conjuraba su soledad y su angustia. Lo recordó tal como era en su infancia, en la trastienda del negocio, bebiendo y conversando con sus vecinos comerciantes. A su alrededor se desplegaba una seda cuyos hilos Haru veía tejerse y destejerse al capricho de los años. Pero la urdimbre siempre volvía a formarse, y era el nacimiento de sus hijos, el afecto de los lugareños, la fuerza del torrente, la alegría de la montaña. Sí, era todo eso y mucho más, en el mapa de un territorio en el que se respetaban los lugares y los seres. Haru dio media vuelta y regresó al santuario, salió del coche y, pasando bajo el pórtico naranja, recorrió el sendero hasta el altar. El aire estaba preñado de un aroma a resina y a corteza, Haru se quedó quieto, vigilante, con los sentidos en alerta, percibiendo una presencia y, al poco, escudriñando la oscuridad, creyó ver a su madre avanzando con deferencia, a pasitos cortos. Se recordó a sí mismo cogido de su mano, cuando esta le enseñaba a aplacar a los kamis del arroz y del sake, y se reía si no atinaba al arrojar la moneda. Volvió a pasar por debajo del torii, se inclinó y se dirigió de nuevo al altar. Arrojó una moneda al tronco y tiró de la campana: la noche lo acogía. Dio dos palmadas y esperó: el mundo vibraba. En algún lugar resonó la voz de Keisuke, diciendo: Los hombres, los hombres, los hombres. Claro, pensó Haru, no hay más que los hombres, pero tengo que ir al santuario para oírlos y verlos. Recordó a su padre en la mesa, murmurando para sí. ¡Mi hija ha nacido en otoño, la estación de las cosas buenas!, pensó de pronto.

Camino de la posada, mientras los pinos desfilaban, impulsados como lanzas hacia la mansedumbre de las nubes, sintió que lo embargaba una sensación de ternura y de soledad. Fuera cual fuera la parte de infancia que recordase, estaba bañado en dulzura pero privado de intimidad; ¿será por eso por lo que me marché?, se preguntó. Entonces vio esbozarse ante él el nuevo paso de su vida. Su hija era la carne de su amor por el arte, su encarnación verdadera y su razón vital, la redención de su decepción y su traición primeras. Con su brillo otoñal, iluminaba su corazón invernal, y si debía amarla en silencio, sabría soportarlo; hasta los pobres son ricos, dijo en voz alta, y se rio.

Se presentó en Kakurezato hacia medianoche, había avisado de que llegaría tarde. Le prodigaron una cálida bienvenida, lo instalaron en el centro de la gran sala de recepción, delante de los rescoldos de la chimenea, y le llevaron una toallita caliente, sake y un manjū de otoño. El suelo de tierra batida, el alto techo de madera, las paredes de papel delante de las ventanas, las caligrafías y las cerámicas en las hornacinas eran tal y como los había conocido en el pasado. Habló un momento con Tomoko, la hija de los dueños de la posada, compañera suya de colegio. Esta le preguntó por su trabajo y le contó de sus conocidos comunes. Detrás de ella, encima de unas ramas de arce, colgaba un círculo cerrado trazado con tinta negra. Haru prefería los ensōs abiertos, pero esa noche le gustaba esa forma cerrada, se preguntó qué le diría a Rose al respecto, y la idea lo turbó de tal modo que dejó de escuchar a la joven. El porvenir se iluminaba. La escena poblada de fantasmas dejaba paso a una conversación de vivos, no podía ver a su hija, pero podía hablarle y, como siervo del espíritu, pensó: El espíritu le hará llegar mis palabras. Examinó el ensō en su cuadrado de papel mate y reparó en que Tomoko se había callado.

—Perdón —le dijo Haru—, estoy cansado.

Ella le sonrió.

—Aquí todo sigue igual —le dijo—. Pero tú debes de llevar una vida apasionante en Kioto.

Al ver que asentía distraídamente, añadió:

—Tu padre no está bien, ¿sabes?

Él bajó la cabeza incómodo.

—Es joven —dijo Tomoko—, la tristeza durará mucho.

—No parece desgraciado —dijo Haru.

—La tristeza es para vosotros —dijo con dulzura—, la tristeza es para quienes aman a los ausentes.

Haru bebió un sorbo de sake.

—Lo sé —dijo—, lo sé muy bien.

Ella rio sin malicia.

—¿Una mujer? —preguntó.

Él se rio a su vez. Ella le sonrió y se levantó.

—Te hemos dejado el baño abierto —dijo—, es hora de que descanses.

Haru le dio las gracias y se dirigió a su habitación. Allí, se puso el yukata de la posada antes de volver a salir a la penumbra de los pasillos hasta la fuente de agua caliente. Marrón e imponente, la estructura del viejo edificio se extendía sobre los pasillos como una tela de araña. Algo murmuraba bajo las vigas y, al meterse en el agua muy caliente, oyó el murmullo con más intensidad todavía. Pese a la noche, la amplia habitación era un lugar de luz, la madera se satinaba de luna, las aguas se lacaban de claridad. La gran bañera de madera de hinoki, pulida por el uso, bordeaba una ventana sin marco visible, extendida como un lienzo sobre el paisaje de cascadas. En primer plano se distinguían los troncos de los cipreses y, a sus pies, unos *Enkianthus* cuyo follaje rojo se cubría de mercurio en la oscuridad. Haru sabía que todo era bello, pero no sentía nada, absorto como estaba en el murmullo creciente que no provenía ni del torrente ni de la posada, que no había oído nunca y que, pese a todo, le resultaba familiar. Flotó en el agua sin moverse, se abandonó a la corriente y a las piedras, a los astros y a los árboles, a Japón y a las montañas dormidas. Transcurrió un largo momento y una nube veló la luna, cayó un aguacero y se mezclaron las aguas del baño, de los remolinos y del cielo.

Se adentró en la noche. Se adentró en ella con gratitud, avanzó hacia lo invisible, se postró como nunca se había postrado. En transparencia sobre las orillas cubiertas de helechos, en el escenario de un teatro de sombras iluminado de luna, se recortaba la urdimbre de su vida. Oyó la voz de su madre, que decía: Haces abluciones de cuervo, y el graznido de los cuervos de Kioto se mezcló con los recuerdos fragmentados del pasado. Se recordó con ella en el sentō, mientras lo ayudaba a lavarse en la hilera de grifos de la pared opuesta a la bañera. Solo los cuervos se apresuran, insistía ella, y recordó también que, por las noches, le contaba la leyenda de la aldea escondida en el fondo del río que daba su nombre a la posada: solo resurgía a la vista de los hombres durante la noche de los solsticios, antes de recuperar al amanecer su sudario de remolinos y rocas. Así es el cañamazo de mi vida, pensó Haru, pero mis momentos de clarividencia suelen ser en noviembre y en mayo. La noche avanzaba y, con ella, la enseñanza de su madre, la sabiduría de las largas abluciones, el paso de la lentitud. La noche decía: Eres un hijo de la montaña, un nativo de Shinnyo-dō, un pasajero de la extrañeza, un peregrino solitario. La noche decía también: Honra. Una lluvia densa convirtió el macizo de pinos de la orilla en una nube surgida del fondo del cielo. Una hoja cayó delante de la ventana y Haru pensó: El cielo se marchita. La lluvia cesó y volvieron a aparecer las estrellas.

Entonces vio al zorro. Parecía caminar sobre las aguas, cruzando la corriente. Se detuvo en medio del vado, se volvió hacia él y después siguió cruzando el torrente hasta la otra orilla, donde desapareció bajo los pinos. El murmullo del inicio de la noche se intensificó, Haru se sumergió en la bañera, dejó que el agua le cubriera el rostro, meditó mucho rato y no regresó a su habitación hasta el alba. Le habían preparado el futón y, según la tradición de la posada, encima habían dejado un poema. Haru se sentó frente a la gran cristalera sin marco, insertada en la pared misma, que daba al torrente. Alineados como un solo hombre ante las cimas, imperceptibles pero palpables, estaban su padre, su madre, su hermano y todos los lugareños, miembros de la fraternidad de las montañas. ¿Tiene el zorro la misión de mostrármelos?, se preguntó, y recordó a Maud en el baño la primera noche. Con precisión fotográfica, su memoria le restituyó su rostro en el momento en que él concluía la historia de la dama y el zorro de Heian. ¿Qué le estaba diciendo yo?, se preguntó, estupefacto de la tristeza que descubría en ella y, más estupefacto todavía: ¿Cómo no me di cuenta? Delante de él, la corriente se tornaba blanca, y la aldea escondida, la silueta de los cipreses, todos del mismo modo visibles e invisibles, transmitían un mensaje inaudible. Se tumbó y leyó el poema en voz alta.

otoño en la montaña—
tantas estrellas
tantos lejanos antepasados

Ante sus ojos se formó un círculo que se abría y se cerraba en un movimiento continuo y fluido.

En un otoño perpetuo, se sucedían y se precedían montañas, estrellas y antepasados desconocidos. Recordó a sus padres y a su hermano sentados a la mesa de la vieja casa, envueltos en un halo de ternura y de temor. Se rememoró de niño, en los pasillos de la fábrica de sake, embriagado por las levaduras, orgulloso del vigor de su padre, y luego de joven, indiferente y presuroso por huir de ese mundo de trabajo duro y de silencio. Salí de las montañas, pensó, quise huir de la soledad pero me la llevé conmigo. Repasando el perfil de los suyos en la luz del atardecer, pensó: Ahora ya estoy lejos, pero este hilo no debe romperse. Entonces, prosiguiendo la meditación iniciada en la noche de Takayama, comprendió por fin el murmullo del lugar.

Fue a la sala común sin haber dormido y allí encontró a Akiyo, la madre de Tomoko, que le sirvió el té y se sentó junto a su mesa para charlar con él. Vestía un kimono de otoño bordado, entre otras flores, con camelias y campanillas en forma de estrellitas. Entre los alimentos del desayuno había arroz con setas matsutake.

—Cené esto mismo anoche en casa de mi madre, pero es un plato del que uno no se cansa —dijo.

—Naoya nos las vendió ayer —dijo ella riendo—, es el mejor recolector de la comarca.

Charlaron un rato y luego él le dio las gracias por el poema.

—Es de una poeta contemporánea —le dijo ella—. Aún vive, creo.

Al ver su sorpresa, añadió:

—Se puede ser moderno y profundo a la vez.

—Ese es mi oficio —dijo Haru.

Ella sonrió y volvió a servirle té.

—He visto a un zorro cruzar el vado un poco antes del alba —añadió.

—¿El vado? —repitió ella—. No hay vado en esta época del año.

Una vez en la estación, le devolvió el coche a un empleado a cuya familia conocía desde niño y que le palmeó amistosamente el hombro. ¿Cómo he podido olvidarme de los míos?, se preguntó. En el andén empezó a nevar ligeramente y, saboreando un copo en el que le pareció que se concentraba todo el sabor de Takayama, se agudizó su pesar por abandonar sus montañas. En el tren durmió a ratos, a sus sueños volvían en bucle las palabras que había pronunciado en el baño en el instante de la tristeza de Maud. Cuando llegó a Kioto, tomó un taxi para volver a casa. Encontró a Sayoko sentada ante un libro de cuentas y esta lo miró sin decir nada. Por la manera en que se bajó las gafas sobre la nariz, Haru supo que debía hablar con ella.

—Nevaba en Takayama —le dijo.

Ella lo miró con severidad.

—Hemos comido matsutake —añadió.

Ella no se inmutó y Haru se resignó a decir:

—Mi padre no está bien.

Ella entrecerró los párpados.

—¿De cabeza? —preguntó.

Él asintió, acostumbrado a sus intuiciones asombrosas. Ella se llevó la mano a la clavícula izquierda en un gesto de compasión.

—Pero ¿Rose está bien? —dijo.

Sorprendido, Haru asintió de nuevo, aunque

no habían vuelto a hablar de Rose desde el año de su nacimiento. Sayoko se marchó a pasitos satisfechos hacia las cocinas, volvió con el té, se sentó frente a él y siguió con sus cuentas. Por fin, cuando se disponía a marcharse, le dijo que Keisuke estaba en casa de Tomoo.

Lo único que se dijeron fue el nombre de sus muertos eran las palabras que habían anegado en tristeza los ojos de Maud aquella primera noche. Conocía esas palabras por un hermano, y esos mismos hermanos lo esperaban en la pista revelada por las estrellas. En Takayama había bebido con sus antepasados, en Kioto bebería con Keisuke y, por supuesto, Sayoko le indicaba el camino: fue a casa de Tomoo. Lo hizo a pie, cruzando el Kamogawa, atajó por el campus de la universidad, desde donde llegó al santuario de Yoshida y subió la colina arbolada del mismo nombre. Hacía bueno, en el aire flotaba un pálpito de nieve. En la cima de la loma, al salir del abrigo de los árboles, se encontró con un sacerdote conocido suyo que charlaba con un cuervo. El pájaro, silueta negra sobre fondo naranja, estaba posado en un torii, y el sacerdote, vestido de negro, se recortaba sobre la blancura inmaculada del muro. Algo más arriba estaba el pequeño santuario hermano de Takenaka, un puñado de edificios y altares de madera, faroles de granito, tumbas y zorros de piedra ahogados en vegetación. Desde allí se bajaba la colina por un camino dominado por una veintena de toriis y de grandes cerezos, desde allí también podía disfrutarse del mejor panorama de la colina vecina de Shinnyo-dō y de las montañas del Este. El gong del Hōnen-in resonó a lo lejos y el tiempo transfigurado se volvió presencia. El lugar se hizo hálito y paz, unos suspiros recorrieron el monte alto, los trinos de los pájaros se tornaron murmullos. El sacerdote, notoriamente loco, hablaba a los cuervos de carne y hueso y a los zorros de piedra en una lengua conocida por ellos solos pero que también profería ante sus fieles. Era popular, sin embargo, y a nadie se le habría ocurrido jamás prescindir de él. Haru pasó por su lado y lo saludó. Absorto en su diálogo, este se inclinó con una sonrisa y, cuando ya Haru se alejaba, lo llamó.

—¿Qué es ese ruido que arrastras contigo? —le dijo.

—¿Qué ruido? —quiso saber Haru.

El cuervo graznó.

—No sé —contestó el sacerdote—, pero lo oímos.

Siguieron charlando de cosas sin importancia, pero pronto Haru tuvo la impresión de oír palabras y sonidos del mundo como si se estuvieran produciendo *en otra parte*. Estaba solo en un territorio desconocido barrido por un rumor propio, y solo al lado se desarrollaban las cosas reales. Perdió el hilo de la cháchara del viejo sacerdote, levantó los ojos al cielo que se oscurecía; cielo de nieve, pero no estoy solo, pensó. Entonces se rio e, interrumpiendo al hombre de fe, le dijo:

—¿Ese ruido? Son mis antepasados.

—¡Ah! —dijo este—. ¡Ya lo sabía yo!

Y volviéndose hacia el cuervo:

—Son sus antepasados.

Después lo tradujo amablemente a la lengua de los cuervos. Haru miró la entrada de Takenaka flanqueada por sus dos zorros esculpidos en piedra blanca y, asombrado de encontrarse a las puertas de un santuario dedicado a la diosa que toma esa misma apariencia, le dijo al sacerdote:

—En Takayama vi un zorro que caminaba sobre el agua.

—¿En Takayama? —preguntó el sacerdote.

—En Kakurezato, para ser exactos —dijo Haru.

—¿Kakurezato? —masculló—. No entiendo nada de esas leyendas de aldeas ocultas.

—El zorro, en cambio, no estaba oculto —observó Haru.

—Por supuesto —contestó el sacerdote—, lo invisible nunca está oculto.

Haru se despidió de él, bajó de nuevo la colina de Yoshida y empezó a subir la de Shinnyo-dō. Cuando llegó al templo, se puso a nevar con pequeños copos plácidos. Los faroles de piedra brillaban en el atardecer, las montañas velaban más allá de los tejados y se recitó mentalmente los versos de la poeta viva. Pensó en su hija y la vio bañada en los colores del momento. Su cabello cobrizo armonizaba con el naranja de Inari y el pelaje del zorro. Por encima de ella, en el cielo negro, se inclinaban los muertos de Heian, los antepasados de la montaña, las estrellas blancas en la noche otoñal. Al rodear el templo, cuando caminaba bajo una bóveda de vistosos arces, recordó de nuevo el rostro de Maud en el baño de la primera noche. Mis antepasados viven, pero los suyos están muertos, pensó, no sabía que los difuntos podían también estar muertos o vivos. Avanzó unos pasos y se detuvo en lo alto de la escalinata que llevaba a la casa de su amigo, de la que se escapaban notas de piano y voces alegres. Oyó gañir a Sakura, la perrita de Tomoo, y resonaron unos compases de jazz seguidos de una carcajada.

Comprendió que ese minuto solitario en el umbral de un cálido hogar prefiguraba lo que sería su vida desde entonces. A partir de esa noche estaría entre dos mundos, entre los muertos y los vivos, la noche y la claridad de las casas, el pasado y el futuro, y allí le hablaría a su hija. Pensó que los muertos tenían el poder de alegrar o de desesperar y que debía hacerle oír a Rose la voz de sus antepasados de las montañas, luego se superpuso otro pensamiento y, extrañado y conmovido, se dijo: Si oigo esa voz es gracias a ella. En ese mismo instante, Keisuke gritó en el interior de la casa: ¡Sake!, y Haru bajó la escalinata saboreando las últimas bocanadas de agridulce soledad. Escoltada por sus fuerzas invisibles, nacía la noche y moría el día, sepultando sus dolores ocultos. Estrechó a su hija en sus pensamientos como lo habría hecho entre sus brazos y se reunió con la comunidad de sus hermanos.

Hay que reconocer que dichos hermanos no eran muy presentables. Por lo que Haru podía ver, habían bebido, cantado y reclamado una ronda tras otra de sake. Ahora estaban comiendo un bocado sin por ello dejar de beber. Al piano, un joven músico tocaba *Bemsha Swing*. Sobre el teclado, las fotos de tres ídolos de Tomoo: Kazuo Ōno, Thelonious Monk y Federico Fellini. Junto a él estaba repantingado el bello Isao, su único amor. Alrededor, un puñado de fieles de ambos sexos comían y bebían mientras charlaban.

Recibieron a Haru con un vocerío jovial y le sirvieron de beber. Keisuke le lanzó una mirada burlona, Sakura acudió a lamerle las manos y la reunión se reanudó alegremente. Primero hubo jazz y luego Tomoo e Isao ofrecieron un magnífico número paródico de nō. Se prodigaron hasta el agotamiento en gritos guturales y gestos exagerados, hubo muchas risas, siguieron las conversaciones y, al caer la noche, una joven cantante interpretó viejas canciones de Amami. Por la ventana se veían flotar copos perezosos bajo la farola que se encendía a las cinco, y todos miraban y escuchaban, apoyados en las paredes. Más allá, la luz cincelaba las ramas de un cerezo llorón, la joven cantaba *en busca de nuevas tierras*, y los rostros se tornaron graves. Pese a nuestros extravíos, nos tomamos en serio las cosas serias, pensó Haru, y se sintió liberado de un peso cuya naturaleza no alcanzó a comprender. *Por cien carpinteros*, proseguía la canción, y Haru sintió a su alrededor la casa de madera semejante a un gran velero. Por fin aplaudieron a la cantante, Haru fue a sentarse con Keisuke y le relató su estancia en Takayama. Le habló de su padre, de las matsutakes, de Jirō, de Kakurezato y del zorro que cruzaba el torrente por un vado fantasma. Para concluir, le contó con detalle su diálogo con el sacerdote de Yoshida, y Keisuke, que lo había escuchado en silencio, sin dejar de beber, soltó una carcajada con la frase final:

—¡A veces los sacerdotes dicen cosas sensatas!

—No dejo de darle vueltas a esa frase —dijo Haru—. ¿Qué es lo que no está oculto y que debería ver?

—Eso no es lo que daba a entender ese buen hombre —dijo Keisuke.

Tras mirarlo pensativo, añadió:

—No me lo has contado todo.

En ese momento, un joven se levantó y salió de

la habitación entre los gritos de ánimo de los demás.

—Escucho las estrellas —dijo Haru—, quizá el zorro fuera su mensajero.

Keisuke soltó otra carcajada.

—¿Qué galimatías es ese? —preguntó—. No eres capaz de oír ni tu propia voz, como para escuchar las estrellas..., por no hablar de esas tonterías de Inari.

Haru sonrió.

—Los hombres, los hombres, los hombres.

—Exactamente —dijo Keisuke—. Solo los hombres se ocupan de los hombres, créeme que a los zorros y a las diosas les traen sin cuidado.

El joven artista había vuelto con una larga peluca roja que le llegaba hasta los tobillos por detrás y hasta las caderas por delante. Estaba inmóvil en medio de la habitación, mientras todo el mundo lo aclamaba (y pedía sake). ¡El león!, ¡el león!, gritaba Isao. Tomoo fue a buscar un pequeño biombo adornado con peonías rojas, lo dejó junto al actor, y empezó el baile. Aunque no era un gran adepto del kabuki, Haru rio de buena gana al ver al león golpear el suelo con los pies y contonearse, excitado por las peonías que revoloteaban delante de su nariz, una de las pocas obras del género que lo divertían. Añadiendo comicidad a la escena, Sakura daba vueltas ladrando y gruñendo alrededor del bailarín y, al final, Keisuke le susurró a Haru: Si deja a un lado las peleas de bar, será un grandísimo actor. La velada prosiguió deprisa, con más sake y más risas. Keisuke y Haru charlaban, fuera caía la nieve, ocultando las estrellas y cubriendo la ciudad. Hacía algún tiempo que, como en Takayama, Haru tenía la impresión de que un ligero velo se había desplegado ante sus ojos. El ruido ha desaparecido, pero ha vuelto el velo, pensó perplejo, y calló, dejando que los demás siguieran parloteando a su lado. El joven pianista, completamente borracho, desgranaba las notas de *My One and Only Love*, Isao servía a los invitados arroz con pescado seco; le ofreció un cuenco a Tomoo, dirigiéndole una sonrisa indefinible, preñada de una intimidad impalpable y secreta. Haru miró a los dos hombres. Hasta entonces, la juventud y la belleza de Isao habían compuesto la imagen que se hacía de él, pero esa noche lo veía simplemente *ahí*, encarnado y presente en la danza de gestos tiernos y confidencias invisibles; todo es invisible y todo está delante de nosotros, pensó, nada está oculto para quien quiere intentar ver. Los rasgos puros de Isao, sus gestos lentos y sus ojos grises no expresaban belleza sino amor, un amor sin norma y sin familia, misterioso y entero. Keisuke le hizo a Haru una pregunta que este no oyó, cerró los ojos, pensó en su hija y comprendió que el velo era el de sus indiferencias y sus abandonos. Entonces reapareció el rumor de los antepasados y, con él, la imagen clara del rostro de Rose. Se dio cuenta de que Keisuke le estaba hablando y volvió al jaleo de la habitación, mientras el poeta le repetía: No me lo has contado todo.

Haru no contestó. Meditaba. A su alrededor, la nieve, el cielo negro y las estrellas. Esa era su casa. Había elegido a esos hombres y mujeres, a esos artistas y esos marchantes, a esos alegres siervos del espíritu. Los examinó uno por uno, se imaginó presentándoselos a Rose, fantaseó sobre los años felices en los que se conocerían. Rio cuando Keisuke, que se había levantado con esfuerzo, tropezó con la peluca del león y cayó de bruces sobre el biombo de peonías. Hubo exclamaciones y aplausos, pronto cubiertos por los ronquidos del alfarero. Haru alzó su copa hacia Tomoo y este le sonrió. Una brusca ráfaga de viento hizo remolinear los copos de nieve y, embargado por una sensación de vacío y calor mezclados, le devolvió la sonrisa a Tomoo, sonrió a su padre, a su madre, a Naoya, al zorro del torrente, a sus antepasados, a las estrellas y a los manes de Shinnyo-dō, a los espíritus de Japón y a sus hermanos carpinteros. Al fin, contemplando a sus amigos reunidos, sonrió a su hija lejana que unía entre sí las almas desunidas.

Las casas de Tomoo y de Haru, en las que, faltando a las costumbres japonesas, se recibían invitados sin cesar, eran singulares también porque allí acudían por igual hombres y mujeres. No se celebraban veladas propiamente masculinas, las mujeres participaban en las conversaciones y en las fiestas. Eran en su mayoría artistas japonesas, pero también había a veces artistas o personalidades extranjeras. Las responsables de prensa llamaban a Tomoo para decirle: Fulanita de tal, de Estados Unidos o de Alemania, viene a dar un concierto o una conferencia en Kioto, y Tomoo organizaba una velada en su honor. Cuando alguna de estas señoras se convertía en huésped habitual, solía alojarse también en su casa. Se moría de frío y encontraba espartano el futón, pero no deseaba nada tanto como pasar allí la noche. Al alba, Isao le servía un café fuerte y la llevaba hasta el peldaño más alto de Kurodani a contemplar el amanecer sobre Kioto. La ciudad de los templos murmuraba a sus pies, en el horizonte se dibujaba la cresta de las montañas, alrededor vibraban las tumbas de una civilización desconocida. La invitada se postraba mentalmente de rodillas, tomaba a Isao del brazo tiritando y regresaba al velero, impulsada por una alegría inefable.

Aquella noche se presentó en Shinnyo-dō una pianista francesa llamada Emmanuelle Revers. Era la tercera vez que iba a casa de Tomoo, pero, por un motivo u otro, la primera que coincidía allí con Haru. La vio entrar en la habitación, le pareció guapa y sintió que formaba parte del puzle de su vida. Le calculó unos cuarenta años, incierto, como siempre, sobre la edad de las occidentales. Morena, de piel oscura y cuerpo largo, se asemejaba a un paisaje que cambiara con la luz, proyectando sombras a sacudidas. Isao le preguntó si estaba cansada del viaje, si quería retirarse a su habitación; pero no quería, se alegraba de tener compañía: Me siento un poco sola desde que llegué aquí, dijo. Tomoo la llevó junto a Haru, el único aparte de él que hablaba bien inglés. Tenía la risa brusca y los gestos suaves, una conversación agradable y viva, como ella misma. En un momento dado, bromearon sobre el frío de la casa y los gélidos amaneceres de Isao, y ella dijo:

—Pero nunca había tenido la sensación tan intensa de estar en el centro de mi vida.

Reflexionó y se corrigió:

—En el centro de *la* vida.

Más tarde, señaló la fotografía de Kazuo Ōno, el maestro del butō, sobre el piano.

—Lo vi actuar en Tokio —dijo—. No entendí nada, pero después lloré largo rato. Estaba sola en mi habitación de hotel y sollozaba en la cama sin poder parar.

Tomoo le sonrió.

—El butō explora nuestras oscuridades —dijo.

Ella meditó un momento sus palabras.

—Entiendo —dijo.

Se levantó, se dirigió al piano, eligió una partitura y se puso a tocar. Haru fue a sentarse junto a ella, admiró su hermoso perfil sin desearla, dichoso de su sola presencia, y empezó a sentir algo que daba cuerpo a lo que había percibido al principio y que la conversación había ocultado después: en ella anidaba una tristeza que su interpretación al piano revelaba en ese instante. Charlaron entre pieza y pieza, mucho tiempo después Haru consultó su reloj y vio que eran las tres. En mitad del salón, tirado sobre su biombo, Keisuke gruñó, haciendo reír a Emmanuelle.

—La última vez estuvo más hablador —dijo.

—Keisuke es un gran narrador —dijo Haru—, creo que cuenta historias hasta en sueños.

—¿Quiere caminar un poco por la nieve antes de irse? —le preguntó ella de pronto.

Lo miraba con dulzura.

—Encantado —dijo él—, pero ¿no está cansada?

—Sí que lo estoy —contestó ella—, pero no he puesto un pie en la calle desde que llegué a Japón.

Se abrigaron y salieron. Había dejado de nevar. Subieron la escalinata, pasaron debajo de los arces, rodearon la parte de atrás del templo y fueron a parar al patio silencioso y desierto. El cielo se despejaba, bajo las estrellas de nuevo el tiempo, húmedo y templado, se tornaba más frío, una capa de nieve cubría los senderos. La cúspide de la gran pagoda se perfilaba en la oscuridad con sus tejados blanqueados, los faroles de piedra parpadeaban, las ramas de los árboles dibujaban en la noche trazos de tinta y de tiza. Mientras conversaban, Haru descubrió en sí mismo extraños crujidos; crujidos de banquisa, pensó y, desconcertado por la imagen, le propuso a Emmanuelle acercarse a Kurodani.

—Le robo la cortesía a Isao, pero esta primera nevada invita a ello —dijo.

Serpentearon entre los cementerios y llegaron a lo alto de la gran escalinata. Abajo, la ciudad dormida ronroneaba. En la ladera de la colina se alineaban las tumbas y los árboles con sus cuervos lavados de nieve fresca. En el horizonte, borrosas en la oscuridad, velaban las montañas del Oeste. Estaban solos en el tejado del mundo. Ella señaló las largas varillas de madera que oscilaban en la noche.

—Sé por Isao que las sotobas llevan el nombre

del difunto al más allá, pero me parece cruel la idea de que los muertos se vean privados del nombre con el que los conocieron sus seres queridos.

Señaló con la mano los senderos nevados.

—Pese a todo —añadió—, tengo que decir que sus cementerios no me mortifican como los nuestros.

—¿Tan diferentes son? —preguntó Haru.

—Mucho. En Occidente, los cementerios son espacios de muerte. Aquí siempre tengo una sensación de vida, si es que eso puede tener algún sentido.

Haru recordó lo que había pensado sobre los antepasados de Maud y los suyos cuando estaba en Takayama.

—Un día le conté una historia a una francesa a la que acababa de conocer. Como todas las demás, me la había contado Keisuke.

Guardó silencio, extrañado de su confidencia.

—¿Y qué ocurrió? —preguntó Emmanuelle.

—No tengo ni idea —dijo él—. Algo, pero no sé el qué.

Ella lo miró.

—Cuéntemela —dijo.

Él vaciló.

—Vamos —insistió ella—, parece importante y me gustan las historias.

Detrás de él, Shinnyo-dō murmuraba; abajo, al pie de la escalinata, estaba el lugar en el que se había enterado de la existencia de su hija.

—La historia transcurre en la corte imperial —empezó.

—No —lo interrumpió ella—, cuéntemela como se la contó a ella, con las mismas palabras.

Lo invadió la imagen de Maud en el baño, desnuda, blanca y callada mientras él la deseaba.

—Hacia mediados del periodo Heian, en el año mil de su calendario, hubo amaneceres de gran belleza. En el fondo de los cielos se marchitaban montones de flores púrpura. A veces, grandes aves cruzaban esos reflejos como de incendio. Vivía en la corte imperial una mujer recluida en sus aposentos, su nobleza sellaba su destino de cautiva, y hasta el pequeño jardín contiguo a su alcoba le estaba vedado. Sin embargo, para contemplar las auroras, se arrodillaba en la madera de la galería exterior y, desde el primer día del año, cada mañana un joven zorro aparecía en el jardín. Una densa lluvia se instaló hasta la primavera, y la dama instó a su nuevo amigo a reunirse con ella al abrigo de la lluvia, bajo un saledizo del jardín donde no había más que un arce y algunas camelias de invierno. Allí aprendieron a conocerse en silencio.

Miró a la francesa, que a su vez miraba las montañas lejanas. Algo flotaba, algo se estremecía. ¿En mí? ¿En ella? ¿A nuestro alrededor?, se preguntó Haru. Ella se volvió hacia él.

—Allí aprendieron a conocerse en silencio, pero una vez que hubieron inventado un lenguaje común, lo único que se dijeron fue el nombre de sus muertos —concluyó y, al mismo tiempo que Emmanuelle decía con él *el nombre de sus muertos*, empezó a nevar.

Así, en noviembre de 1980, un japonés y una francesa, en lo alto del tejado del mundo, miraban caer la nieve. Creían hallarse en el umbral de una larga amistad, no sabían que nunca volverían a verse, que esa noche sería para siempre su única noche. El cielo se desmigaba en virutas blancas empujadas por una brisa invisible, la ciudad palideció y desapareció, dejándolos sin más compañía que la de los muertos.

—¿Conocía la historia? —preguntó Haru.

—No —dijo ella.

Recogió unos copos en el dorso de la mano.

—La he adivinado.

—¿Cómo? Dígame, tengo curiosidad —dijo él.

—Las historias nos hablan sin que sepamos cómo. Y tenemos algo en común su amigo Keisuke y yo: ambos hemos perdido a un hijo.

Le sonrió como si quisiera consolarlo a él y, de pronto, la idea de que su hija desapareciera y, con ella, el nuevo puente que lo unía a los suyos, el puente entre el pasado y el futuro, entre sus antepasados y su destino, le heló la sangre.

—Veo su temor —dijo Emmanuelle—. En realidad, es el único peso que ya no me lastra, el de la inquietud. Por lo demás, la carga es la misma, es extraño, ¿verdad? Con el tiempo se sufre menos, pero eso no mejora las cosas.

Sonrió de nuevo, una sonrisa triste y consoladora.

—Bajaría con gusto esta escalinata —dijo—, tengo la intuición de que nos llevará a alguna parte.

Él sonrió a su vez y la siguió. Bajo sus pies, la nieve se apelmazaba y se estremecía, la nevada amainaba y las tinieblas crecían. Llegaron abajo, al inicio del sendero donde Haru se había prometido en el pasado que tendría allí su sepultura. Emmanuelle lo recorrió con expresión ausente. Al cabo de unos pasos, se detuvo ante un espacio vacío, se inclinó y tocó la nieve con la palma de la mano.

—La última vez que vi a mi hijo vivo, dormía —dijo incorporándose—. Llevaba tiempo enfermo y yo solo tenía descanso cuando conseguía conciliar el sueño. Entonces se parecía a los demás niños, y yo me permitía soñar que todo estaba bien. Le doy gracias al hechizo que le concedía un sueño apacible; el despertar era siempre una pesadilla.

Le indicó con un gesto que quería seguir caminando y recorrieron el sendero, antes de tomar a la derecha hacia la explanada del templo de Kurodani. Las estrellas habían vuelto, y a Haru le parecieron más brillantes que de costumbre.

—¿Quién era esa francesa? —le preguntó ella.

Haru no supo qué responder. A su alrededor, la presencia tutelar de los edificios y los cementerios, la fuerza de las tumbas y de la nieve transmitían un mensaje indescifrable.

—Lo que Tomoo ha dicho antes sobre el butō es válido también para el amor —dijo Emmanuelle—. El arte y el deseo exploran nuestras oscuridades.

—Keisuke dice que no entiendo nada de mujeres, pero quizá sea de mí de quien no entiendo nada.

—Todos tenemos zonas oscuras que crean ángulos muertos en los que quedamos ocultos a nosotros mismos.

Reanudaron el camino hacia la entrada de Shinnyo-dō, pasando entre los templos y los jardines adyacentes al complejo. Haru conocía cada sendero, cada bambú y cada arce que la luna y la nieve cubrían de azogue. Llegaron al gran pórtico rojo que llevaba al templo principal, había en el aire como una densidad y, a la vez, una ligereza deliciosa.

—Doy este paseo todas las semanas —dijo él.

—Es usted afortunado, esta colina está muy concurrida, y no me refiero solo a los muertos.

—¿Cómo sabe que son buena compañía? —preguntó él riendo.

—Hacía mucho que no me había sentido tan bien —contestó ella.

Lo tomó del brazo con un gesto de amistad, y él la llevó hasta el gran patio, feliz de su afecto.

—El paseo de la última vez con Isao tenía este perfume de profundidad y de alegría —le dijo cuando llegaron ante la gran pagoda.

—Entonces ¿puede haber alegría pese a la ausencia? —preguntó él.

—El dolor está en todas partes, no puedo huir de él. Pero, a veces, en algunos lugares, en algunas presencias, me convierto en otra mujer capaz de respirar de nuevo. Por desgracia, luego vuelvo a mi ser.

Rodearon el templo y regresaron a la escalinata que llevaba al velero de Tomoo. Cuando Haru se disponía a despedirse, Emmanuelle lo retuvo.

—Esa mujer francesa —le dijo—, ¿le pareció triste cuando le hablaba de la dama del zorro?

Sorprendido, Haru asintió con la cabeza, y Emmanuelle asintió a su vez.

—Pertenece a una comunidad de la que debe protegerse —dijo—, quizá sea mejor que sus destinos se hayan separado.

Le estrechó el brazo, sonriéndole.

—Adiós, querido amigo —dijo—, espero volver a verlo pronto.

Haru regresó a pie por el mismo camino. En Takenaka arrojó una moneda al altar, tocó la campana, se inclinó, dio una palmada y se rio de sí mismo. Estuvo a punto de resbalar varias veces en los peldaños de la escalinata de Yoshida que la nieve y los grandes árboles volvían escurridizos y oscuros. Saliendo del enclave forestal en plena ciudad, volvió a cruzar el campus silencioso, llegó al puente del Kamo-gawa y se detuvo un momento. Entre las malas hierbas de las orillas, plateadas de luna, descansaban grandes garzas grises. Recordó el gesto con el que Emmanuelle había tocado la nieve del cementerio, y aquel otro, un poco antes, con el que había recogido los copos; la palma y el dorso de la mano, pensó, pero no tocó solo la nieve, tocó la tierra, tocó la materia. Se preguntó cuál sería el nombre de su hijo, se prometió de repente hablarle de Rose cuando volviera a verla, y la idea de compartir su secreto con ella lo alivió de una carga ignorada. Miró las estrellas y volvió a maravillarse de verlas tan brillantes. ¿Son también mis jueces?, pensó rememorando la noche de Takayama.

Volvió a su casa, fue a la cocina, se preparó un café fuerte y se lo bebió frente al arce, a la luz de la luna. ¿Era la falta de sueño, las dos noches de trance, en compañía de sus antepasados primero y de sus hermanos después, la conversación con Emmanuelle Revers? En el juego de la luz y las sombras, de las tinieblas y la nieve, se dibujaba una verdad perturbadora en la que cada cosa entrañaba en sí su contrario, cada deseo su exacta negación. Su vida, que le había parecido límpida hasta entonces, se desvelaba en su profunda ambigüedad, la palma y el dorso ligados y desligados en una ronda de atracciones y rechazos sucesivos. A semejanza del bucle perpetuo de los ensōs cerrados, giraba alrededor de un pivote invisible, alternando sufrimientos y alegrías. Oyó descorrerse la puerta del vestíbulo y Sayoko entró en la habitación ataviada con un impermeable y un vestido de lana beige, el cabello suelto retenido con una cinta negra. Lo miró severamente con el ceño fruncido, y Haru comprendió que desaprobaba que la viera así y que se hubiera servido él mismo el café. El alba se anunciaba ya, de nuevo caía la nieve, el arce se estremecía. Sayoko regresó, con el cabello recogido, llevando una bandeja con té, arroz y pescado a la brasa. Haru le dio las gracias y ella se alejó a pasitos cortos.

Cuando entró al servicio de Haru hacía algo menos de dos años, Sayoko Nishiwaki tenía veintitrés años, un hijo de tres, un marido de veintinueve y todo un tropel de compañeros invisibles. Vivía no muy lejos de Shinnyo-dō, donde su madre viuda le había legado una casita frente al Hōnen-in. Como en todas partes, en invierno hacía un frío de muerte, la primavera y el otoño eran clementes pero fugaces, y en verano el calor era sofocante. Por si estos fueran pocos inconvenientes, la cercanía de las montañas arboladas añadía su cupo de encantadores insectos: mosquitos, cucarachas, arañas y ciempiés venenosos cuyas picaduras infligían no menos de tres días de fiebre. Se entraba por un pórtico de madera y un patio minúsculo invadido de helechos y bambúes sagrados. En el interior había multitud de estores para protegerse de la luz —y de quién sabe qué más—, que se replicaban en el exterior de las ventanas. A las cuatro de la tarde resonaba el gong del templo, alzando la cabeza se veía la vida pasar volando. Por todo el barrio había tiendecitas en las que se vendía tofu, café fresco, mochis y miso casero. La vida era insignificante e intensa, pautada como por un metrónomo, entreverada de arrebatos de locura. Se disfrutaba de la protección de ese pequeño perímetro de colinas incrustado en aquel, más amplio, del distrito, todo el mundo se conocía, todo el mundo se vigilaba; lo que ocultaban los estores lo veía la cohesión orgánica del barrio.

Allí, junto a su madre, Sayoko completaba su educación. Todos los días de la semana, Masako trabajaba en una pequeña posada tradicional al pie de la colina de Yoshida, un establecimiento de lujo regentado por una vieja familia venida a menos. Allí se alojaban huéspedes de importancia, grandes dirigentes japoneses y algunos extranjeros que iban a Kioto por negocios. Masako ayudaba en la cocina, en las habitaciones y en los salones, vestía kimono y se instruía en materia de registros y contabilidad. El lugar era una mezcla de auténtico estilo japonés e influencias occidentales características de la era Meiji, con una decoración marcada por el art nouveau y un gusto por los ambientes británicos. Alrededor había magníficos jardines con azaleas, arces y pinos podados por jardineros de alto rango. Después del colegio, Sayoko se reunía con su madre y se instruía con ella en todo lo necesario para llevar una casa de renombre. Aprendía a vestir y a ajustar un kimono, a arrodillarse, saludar, cocinar y llevar las cuentas. Aprendía el rango de los huéspedes, los usos de los extranjeros y los caprichos de los seres humanos. En Yoshida Honkan, Sayoko aprendía a servir.

Del cruce entre su propia constitución y ese mundo de duro trabajo y tradición había heredado una naturaleza a la vez pragmática y fantasiosa. Para la segunda faceta, nada le gustaba tanto como ir a los lugares propicios para oír los murmullos de los espíritus. Acudía al templo budista Hōnen-in, frente a la casa de su madre, y, cerca del ryokan, al de Yoshida, el santuario sintoísta más antiguo de la ciudad. Allí pasaba largo rato ante el altar de Takenaka, donde construía una teoría híbrida sobre las divinidades y los kamis, basada en lo que contaban los monjes y los sacerdotes y en sus propias suposiciones de infancia. Ya de adulta, siguió fiel a este ritual con más pasión todavía. Resultado de ello era su discurso, en el que dominaba su sentido de la organización, pero, de pronto, el hilo de sus pensamientos se desviaba. En realidad, tenía una concepción propia de los espíritus de ambas religiones que explicaba en parte esos giros incongruentes: el kami —o quién sabe quién— le murmuraba palabras inaudibles para su interlocutor. Por lo demás, era una mujer delgada y sin aristas, ágil y obstinada, sonreía poco, lo controlaba todo y se esmeraba con fervor. La existencia era un recorrido en el que había que entregarse al trabajo con seriedad, no entendía en absoluto la inclinación al placer y tenía una forma de ingenuidad que —según declararía Keisuke un día— rayaba en lo sublime.

Al concluir la secundaria, animada por Hirai san, la propietaria del ryokan, Sayoko se trasladó a Nara a estudiar Historia del Arte. Su madre había fallecido de manera repentina ese verano, por lo que disponía de un poco de dinero que podía dedicar a sus estudios. Sus tres hermanas, fruto de un primer matrimonio, eran mayores que ella y vivían en la región de Tokio. Puso en alquiler la casa de Kioto y en Nara se alojó con una prima del lado paterno. Al concluir la jornada, habiendo acariciado su espíritu con el bálsamo de las obras de arte y el conocimiento, volvía a casa, bordeando la parte trasera del Gran Templo. Una noche, de repente, sintió miedo. Ante ella se extendían la inmensidad del arte y las sombras de los edificios proyectadas sobre el suelo como amenazas. La silueta del templo envuelto en tinieblas la miraba con desdén, imponente y desaprobadora, y Sayoko experimentó un terror informe. Avanzó unos pasos y los reflejos alargados de los faroles la asustaron. Se arrodilló sobre la piedra del sendero y pensó: ¿Cómo te atreves? Se levantó, hizo una inclinación y salió corriendo. Al día siguiente regresó a Kioto y, tres meses más tarde, se casó.

A su vida de niña, su vida en el ryokan y su vida en Nara sucedió su vida de esposa y madre: como era de esperar, no aguantó más de tres años. El 1 de enero de 1979, al alba —su marido y su hijo aún dormían—, salió de casa, tomó el Camino de la Filosofía, pasó bajo los cerezos nevados, prosiguió hacia el oeste por las calles desiertas y llegó al pie del Shinnyo-dō, donde se detuvo un instante. Oía crujidos y minúsculos ruiditos, el cielo estaba blanco, sobre los tejados grises se arremolinaban los cuervos. Reanudó el camino de su destino, subió la colina, atravesó el recinto del templo y volvió a bajar hacia el ryokan. Una vez allí, entró por la puerta de servicio, recorrió un pasillo y encontró a Hirai san sentada a su mesa baja, caligrafiando un poema.

—Ah, ¿eres tú, Sayoko? —preguntó la anciana con afecto—. ¿A qué debo el placer de esta visita matutina? ¿Es por el Año Nuevo?

—Quisiera trabajar para usted —contestó Sayoko tras saludarla respetuosamente.

Con una profunda inclinación, añadió:

—Como mi madre.

Hirai san dejó su pincel con un ademán delicado y suspiró.

—Añoramos mucho a Masako —dijo—, mucho, de verdad.

Le indicó con un gesto que se sentara.

—Pero tú no estás hecha para este trabajo —prosiguió.

Sayoko se disponía a protestar, y la anciana levantó la mano.

—Siempre tienes presentimientos asombrosos, y no es casualidad que estés aquí. Hasegawa san vino a verme anoche en calidad de vecino.

Se levantó y fue a buscar un papel sobre su escritorio.

—Llama a este número: un amigo suyo, un señor de confianza, busca ama de llaves.

Volvió a sentarse y retomó el pincel, pero cuando ya Sayoko se marchaba, la llamó y le dijo:

—Será tu primer reino.

Al día siguiente, Sayoko llamó al número, dejó a su hijo al cuidado de una vecina y fue a visitar su primer reino. Cuando regresó a su casa, en el pequeño patio encontró a su marido, que había vuelto del trabajo.

—Estaba preocupado —le dijo este.

—Me ha contratado enseguida —contestó ella—. Es un señor respetable.

—¿Contratado? —repitió él.

—La casa da al Kamo-gawa —prosiguió Sayoko—, es una casa preciosa, la verdad.

Él estaba acostumbrado a sus saltos de tema y, adaptándose a la nueva situación, preguntó:

—¿De qué te vas a ocupar exactamente?

—De todo —contestó Sayoko, y así empezó su nueva vida.

Cada mañana, salía rumbo a la luz de su segundo hogar, que, en realidad, era su hogar verdadero, el escenario de todas sus existencias pasadas y futuras, como lo era Shinnyo-dō para Haru. Sabía que el embeleso primero no disminuiría, que reviviría cada amanecer el mismo hechizo de madera y hojas, la misma sensación de que todo era exacto, puro, justo..., adecuado. La casa a orillas del río incorporaba los elementos que veneraba en el arte, pero le ofrecía un territorio a su medida donde tenía su espacio y podía reinar sin peligro. A ello hay que añadir que Haru le había gustado y que había jurado cuidar de él hasta la muerte con una devoción que, más tarde, algunos tacharían de fanática. Al final, poco después de su entronización, se produjo la última de sus epifanías. Los primeros días había examinado las obras y las paredes, escuchado la casa, interrogado al árbol y concluido con perplejidad que faltaba algo. Recorría los pasillos y las habitaciones con la sensación de una presencia hueca. Buscaba algo, pero no sabía qué. Entonces, a las dos semanas de empezar a trabajar, una mañana de enero conoció a Keisuke.

Le abrió la puerta y el alfarero se desplomó en sus brazos. Su aliento era fétido, iba descamisado y le faltaba un zapato. Ella lo apartó y este cayó blandamente al suelo del vestíbulo. Fascinada, Sayoko lo miró y le preguntó a Haru, que acababa de entrar a su vez:

—¿Es un príncipe?

Haru examinó a Keisuke, despeinado y desaliñado, que reía tontamente.

—¿Un príncipe? —repitió.

Pero ella no lo escuchaba y, extática, se inclinó sobre el borracho. Ahora ya lo entendía: lo que llevaba dos semanas buscando vivía fuera de la casa y, sin embargo, la encarnaba.

—Voy a hacer café —dijo sonriendo.

Justo después se produjo un diálogo disparatado. Haru consiguió arrastrar a Keisuke hasta la gran habitación y lo dejó sentado sobre un cojín, con la espalda apoyada contra la jaula del arce. Sayoko trajo el café y se arrodilló delante de ellos, con las manos cruzadas sobre su obi negro con crisantemos amarillos bordados. Tras una primera taza, Keisuke se puso a menear la cabeza de un lado a otro.

—Oh, crisantemos grandes —balbuceó con los ojos empañados.

—¿A ella le gustaban mucho? —le preguntó Sayoko.

—Mucho —dijo Keisuke.

Sayoko acercó el oído y pareció escuchar algo o a alguien.

—Ah —dijo con tristeza—, ¡su hija pequeña también!

—Mi hija pequeña también —dijo Keisuke con una cadencia monótona.

—¿Le gustaban las flores como a su madre?

—Como a su madre —repitió Keisuke.

Sayoko bajó la cabeza, afligida.

—Como a su madre —repitió a su vez.

Le sirvió una segunda taza de café, que él se bebió del tirón.

—¿Quién eres? —preguntó, tratando de acomodar la vista, con los párpados entrecerrados y el ceño fruncido.

No debió de lograrlo, pues exclamó:

—¡Un zorro! ¡Un zorro en kimono! Oh, ¡qué bonitos crisantemos!

Señaló a Haru con el dedo.

—Ese de ahí —le dijo a Sayoko—, ese de ahí es un samurái y un esteta en el cuerpo de un marchante. Conoce el té, conoce el espíritu y conoce los negocios.

Sayoko asintió doctamente.

—Pero no entiende nada de mujeres —continuó Keisuke—. Las mira, pero no las ve, palpa la mercancía y cuenta en unidades de carne. Lo único que lo salvará, al final, es que no le gustan las líneas rectas.

Se rio e intentó levantarse, sin éxito.

—La gente de las montañas es tonta perdida —declaró—, pero cuando todo se hunde a tu alrededor, es a un imbécil así a quien quieres tener a tu lado.

Luego exclamó sorprendido:

—Anda, pero ¿no eres un zorro, entonces?

Sayoko negó con la cabeza.

—No lo creo —dijo y, haciendo añicos las normas de la propiedad, de la preeminencia social y de la reserva femenina, añadió—: Está usted en su casa.

El resto de la mañana se lo pasó el alfarero roncando y babeando en el sofá bajo de la habitación, Sayoko velando por su nuevo héroe con la vigilancia celosa de una loba y Haru poniendo orden en sus asuntos y meditando en su despacho. A primera hora de la tarde, Keisuke emergió de su letargo y encontró al alcance de la mano una taza de té fuerte y un cuenquito de natto.

—Tu ama de llaves es clarividente —le dijo a Haru, que leía y fumaba cerca de él.

—A lo mejor escucha las estrellas —sugirió Haru.

—No entiendes lo que dices —dijo Keisuke divertido.

—Soy un patán de las montañas, pero puedo oír los astros —replicó Haru.

Obedeciendo a un impulso, citó los versos del poema de Kakurezato, y hubo un silencio.

—Es de Setsuko Nozawa —dijo por fin Keisuke.

Tras otro silencio, añadió:

—A Sae le gustaba mucho.

—¿Aún vive? —preguntó Haru.

—Los muertos están vivos —contestó Keisuke—, pues viven a través de nosotros.

—Me refiero a la poeta —dijo Haru.

—Lo sé —dijo Keisuke—, pero me gusta recordarte las cosas esenciales. Aquí va otra: la verdadera lengua del Japón, la lengua de las estrellas, la inventaron las mujeres instruidas del periodo Heian, una lengua que expresaba la lluvia, la nieve, la noche y los sentimientos de cien maneras distintas, con una riqueza y una sensibilidad que la modernidad mató. Todo lo vivo en Japón viene de la vía de las mujeres.

Agitó su natto en las narices de Haru.

—Las mujeres son nuestros jueces. No sé lo que estás tramando, pero más te vale no olvidarlo.

Y, un año más tarde, el recuerdo de las palabras de Keisuke se mezclaba con aquellas que Emmanuelle Revers le había dicho la víspera: *Pertene-*

ce a una comunidad de la que debe protegerse. Haru rio, confundido por las intrigas del destino. Las estrellas lo habían guiado hacia sus antepasados y después hacia sus hermanos, y ahora le señalaban a sus jueces. Tenían por nombre Sayoko, Emmanuelle o Paule, tutoras benévolas de una niña cuyo destino pertenecía a las mujeres. Le gustaba que Sayoko estuviera al corriente, planeaba sincerarse con Emmanuelle y le encomendaría a Paule la suerte de Rose. Poseían la misma inteligencia soñadora, la misma aptitud para lo invisible, la misma presencia intensa que hacía de ellas una comunidad beneficiosa para su hija. Por el contrario, era necesario que Maud, en su comunidad hostil, saliera de su vida para siempre. Quitó de sus carpetas y de los paneles de madera las fotografías en las que esta aparecía y llamó a Manabu Umebayashi, rogándole que le transmitiera esa consigna al fotógrafo. Por último, hizo lo que le parecía que el tribunal de sus benefactoras le indicaba con toda naturalidad: habló con Sayoko.

Lo hizo al día siguiente, a solas, delante de la jaula del arce. Esta trajo el té y se sentó frente a él.

—La madre de Rose no quiere que forme parte de la vida de mi hija —dijo Haru.

—La francesa triste —dijo Sayoko.

—¿La recuerda? —preguntó él.

—Coincidí con ella una mañana en el vestíbulo —contestó—. Llevaba un vestido verde.

Descruzó las manos y volvió a cruzarlas.

—Muy hermosa, muy triste —añadió.

—Precisamente —dijo Haru—, me siento desarmado ante esa tristeza.

—Es una maldición, un tatari —dijo ella—. Un kami muy poderoso o tal vez un yōkai, pues veo un zorro. Habría que determinar si se trata de un buen espíritu o de uno malo.

Frunció el ceño.

—En tiempos, los zorros y los hombres vivían cerca unos de otros —prosiguió—, por lo que es difícil saberlo. Sin embargo, para actuar hay que conocer la causa, pero ha regresado a Francia.

¿Cómo hacen los franceses para purificarse? Si es un ciclo, hay que romperlo enseguida.

—¿Cómo puedo ser íntimo de mi hija si estoy ausente de su vida? —preguntó Haru.

—¿Íntimo? —repitió ella como si se tratara de una palabra sucia—. Es mejor estar ausente.

Haru se quedó desconcertado.

—No comprendo.

—La distancia preserva el vínculo —dijo ella—. La realidad lo rompe.

—Pero el amor requiere cierta intimidad —protestó él.

Ella se rio.

—Usted dará —dijo—. Dará como las estrellas que velan por nosotros, sin esperar nada a cambio.

Le sorprendió esa irrupción de las estrellas en un escenario poblado ya por zorros y espíritus, y sospechó que Sayoko y Keisuke intercambiaban palabras sin él saberlo.

—Y lo que no puede hacer con una mujer puede hacerlo con una hija —añadió Sayoko, poniéndose de pie.

Haru dedicó el resto de la mañana a reflexionar sobre sus palabras. Rememoró los acontecimientos principales del año transcurrido y sintió consolidarse en él una resolución. Lo único que lo salvará al final es que no le gustan las líneas rectas, había dicho Keisuke de él. Hoy, bajo la batuta de los zorros y las estrellas, comprendía su mensaje. Quizá solo pudiera ser padre a la manera de los ensōs y las caligrafías donde se reflejaban los meandros y las vías muertas de su propia interioridad. Su sentido de los negocios, su talento para el éxito, su gusto por la seducción y las mujeres, así como su ineptitud para la intimidad explicaban quizá que hubiera deseado a Maud y estuviera dispuesto a querer a una hija hacia la que no podía ir en línea recta. ¿Cuál era también la reparación de esa ineptitud? A través de las palabras de Sayoko, Rose le ofrecía la posibilidad de realizar una aspiración natural, de hacer lo que ni el marchante ni el amante podían hacer, pues él tenía el deseo profundo de dar. Lo descubrió, lo aceptó y lo consideró con alegría. Hizo de ello la sustancia de su identidad de padre y lo llevó al punto más elevado de su conciencia. Daría. Daría sin pasar por la vía directa, pero daría de todos modos. Y si, a lo largo de todo ese camino del don, honraba a los suyos, amaba a sus hermanos y seguía la vía de las mujeres, sabría tal vez llegar a ser padre. La vía de las mujeres, se dijo, como acostumbraba a decir la vía del té, y puso su destino en manos de sus jueces.

DURANTE MUCHO TIEMPO

Transcurrieron así muchos años, dedicados a honrar la vía de las mujeres, a temer el ciclo de las maldiciones y a conversar con una ausente, la única forma de don que Haru tenía a su alcance por entonces. Se levantaba cada mañana, saludaba al río y a sus montañas, bebía una taza de té, conversaba con Rose, encendía un cigarrillo y empezaba su jornada de trabajo. Por la tarde, mientras tomaba un baño, como todos los padres laboriosos, retomaba la conversación iniciada por la mañana. En realidad, dudaba de que muchos padres tuvieran el mismo interés por sus hijas que tenía él. La amenaza de Maud le confiscaba a Rose, pero le ofrecía un espacio de libertad del que pocos de sus semejantes disponían y, a decir verdad, deseaban. Los hijos pertenecían a las mujeres y, con excepción de Keisuke, Haru no conocía ningún varón japonés apasionado por la educación doméstica.

Observaba con un interés particular la manera en que Beth educaba a su hijo. Seguía viéndola con frecuencia, compartiendo su lecho y hablando de negocios. Su amistad era fluida, sin finalidad romántica, pero con la cantidad de sexo necesaria para contentar a uno y a otro. Además, aunque Beth seguía conservando una parte de misterio para Haru, a diferencia de Maud, era un misterio que no lo cegaba. Si le resultaba en parte opaca —y, por ello, doblemente deseable—, era solo porque era inglesa, pero, fuera de eso, se asemejaban en muchos aspectos. Solía llevarse a William a sus almuerzos con Haru y, al cabo de cierto tiempo, se convirtió en un ritual: cada viernes se reunían los tres en Mishima Tei, en Teramachi, la gran galería cubierta del centro. Era un viejo establecimiento situado en una antigua machiya, donde servían un sukiyaki que a William le encantaba. Frente a Haru se sentaba un niño dulce y callado, con grandes ojos azules orlados de pestañas oscuras. Había heredado de su madre la complexión esbelta, y de su padre, el cabello negro, la nariz fina y la tez japonesa. Alto, delicado, extraño, era tan guapo que la gente se volvía a su paso por la calle. Celebraron su duodécimo cumpleaños mirándolo engullir las finas rodajas de buey cebado cocidas en sake y azúcar y bañadas en huevo batido. A Haru le gustaba que esa mujer dura fuera una madre cariñosa pese a no tener interés por el sentimiento amoroso. Solo deseaba el cuerpo de los hombres y el poder de construir imperios; por lo demás, se repartía entre su amor por su hijo y por los jardines zen.

Pues Beth Scott —que así se apellidaba— se había enamorado de Japón desde la primera mirada a la arena del Nanzen-ji y, más tarde y también desde la primera mirada, del hijo nacido de esa pasión japonesa. Haru no dejaba de asombrarse del marido elegido, un hombre desprovisto de cualidades sensibles con el que coincidía en algunas reuniones de negocios y que no le suscitaba el más mínimo interés. Sabía que Ryū Nakamura le había dicho a Beth, tras su primera noche juntos: Te ofrezco Japón, todas las comodidades y, si los quieres, también hijos. A cambio, tendrás libertad, pero te quedarás a mi lado para siempre. Aunque no es del todo exacto pensar que estaba desprovisto de toda cualidad, como tampoco lo es creer que Beth rechazara toda atadura. No apreciaba a mucha gente, pero, así como otros actuaban al dictado de sus emociones, ella lo hacía al de la estima y el respeto, lo que le valía la admiración de su marido, y redundó en que los beneficios de su negocio inmobiliario se quintuplicaran en los dos primeros años de su matrimonio. Todo el mundo se daba cuenta, pero ella guardaba las apariencias, callaba, lo llevaba todo bajo cuerda, y los japoneses, aun sin apreciarla, la respetaban, y el respeto era lo único que ella misma ofrecía y exigía de los demás.

Hubo, sin embargo, dos momentos en su vida en que Beth no fue dueña de sí. Con veintidós años cumplidos, se halló por vez primera ante el jardín principal del Nanzen-ji. Llovía, había pagado en la entrada del templo, se había descalzado y había recorrido un largo pasillo oscuro, tras del cual la escena había surgido ante ella a plena luz. Los diez mil kilómetros recorridos, las intuiciones difusas, los deseos informulables, todo adquiría sentido bajo la forma de un jardín con cuatro árboles, musgo, unas rocas, unas camelias, una o dos azaleas y un mar de arena rastrillada formando olas. A su izquierda y frente a ella, muros con líneas blancas rematados de tejas grises; a su derecha, la larga galería exterior del templo; más allá, los tejados de otros templos, los árboles de las montañas y el cielo sobre las crestas. Por todas partes, el sonido de la lluvia. En Beth, una playa reseca y desolada se había recompuesto en un paisaje de soledad y de espíritu purificado de sufrimiento. Contemplando el jardín y viendo refractarse y sosegarse en él su propia escena interior, pensó: Aquí puedo afrontarlo todo. El día de su vigesimocuarto cumpleaños —era la primavera de 1969— se encontró ante su otro paisaje íntimo. La sensación fue idéntica: una desesperación invisible, anclada en ella, salía a la luz y se tornaba alegría según el mismo poder de transformación que había experimentado ante el jardín del templo. Pero cuando Ryū acudió a la maternidad a conocer a su hijo, Beth le dijo:

—Se llama William.

—También debe tener un nombre japonés —dijo él.

—Como quieras —contestó Beth—, pero solo lo llamaremos William.

Exactamente doce años más tarde, Haru almorzaba en compañía de William y de Beth en la vieja machiya de Teramachi, donde los suspiros y los fastos de un siglo de historia se colaban por las ranuras entre los tabiques de papel. Le gustaba que Beth fuera madre sin exigir de su hijo compensación alguna, y se maravillaba de verla dar amor sin reserva. Almorzaban en una sala privada donde una camarera los había dejado ante el infiernillo, el nabe de hierro, las rodajas de buey, las hojas de crisantemo, las cebolletas, las cebollas, las setas, el tofu y el huevo batido. El ambiente era agradable. La madera crujía. Los espíritus susurraban. La armazón del viejo edificio contaba las alegrías y las penas del siglo transcurrido, la perennidad de la cultura, su facultad para adaptarse sin morir. Fuera estaba la galería cubierta con sus vistosas tiendas, sus rótulos de neón, su música chillona y su hormigón sucio. Dentro se descorrían tabiques que habían conocido tres eras imperiales.

En un momento dado, hacia el final del almuerzo, Haru se volvió hacia William. El niño lo miraba fijamente con una intensidad desacostumbrada en él, con los ojos muy abiertos, llenos de un terror negro, y en esa mirada anegada en tinta Haru vio deslizarse la silueta de un fantasma. El niño bajó la cabeza, la angustia desapareció, y Haru se sirvió de beber para disipar su malestar. Beth no se dio cuenta de nada.

—Somos felices aquí —dijo—. Los diez años en Tokio no han sido un purgatorio tan largo, pero ya era hora de marcharnos.

William probaba las setas y ponía a cocer los cubos de tofu, tarareando una canción. Haru le contó a Beth que quería comprar un apartamento en Tokio porque estaba cansado de tener que alojarse en hoteles, ahora que prosperaban allí sus negocios.

—Visitemos alguno juntos la semana que viene —le dijo ella, acariciando el cabello de su hijo.

De nuevo un terror espectral en los ojos del niño, de nuevo Beth ciega y sonriente, absorta en su ternura por su hijo. ¿Qué ocurre aquí?, se preguntó Haru con un nudo en la garganta, pensando en Rose. ¿Tan pronto pueden llegar las sombras al corazón de un niño? De repente se recordó a sí mismo a la misma edad, en la orilla del torrente, y en esa visión fugaz teñida de tristeza, de sombras y de silencio, sintió cernirse una amenaza.

Cuatro años transcurrieron, sin embargo, sin que se produjera nada funesto. Durante esos cuatro años, Haru siguió hablándole a su hija, se convenció de que el ciclo de las maldiciones era un espejismo y siguió encomendándose a las mujeres para sus decisiones.

Cada trimestre, llegaban de Francia las fotografías y los informes, Rose crecía y Haru examinaba los rasgos de esa niña pelirroja y risueña con una mezcla de embeleso y asombro. Nada en ella traducía que tuviera un padre japonés y, salvo por el color del cabello y de los ojos, tampoco se parecía a su madre. Tenía pecas, una nariz traviesa y respingona, la cara redonda y la frente alta y plana, mientras que la de Maud era estrecha y algo abombada. En una fotografía salía con un abriguito naranja y un gorro verde calado hasta los ojos, unos mechones pelirrojos revoloteaban alrededor de sus mejillas, su carita era alegre, resuelta a ser feliz. Había en esa imagen una refutación tal del vaticinio de las maldiciones que Haru la observaba cada día como se acaricia un talismán con la mano. En otra fotografía, Rose miraba a su abuela con intensidad, con la cabeza levantada, y Haru se sorprendía de reconocerse en ella más allá de los continentes y pese a las adversidades del destino. Tenía el mismo encanto, nacido de la unión del fervor y la ligereza, del que Haru se sabía poseedor. Radiografiaba la vida con el mismo apetito que el niño que él había sido. Rose lo observaba, lo examinaba y lo deseaba todo, de idéntica manera a como había entrado él en el mundo para devorarlo. A su lado, Paule aplaudía, sonreía, cantaba y hablaba con su nieta con una alegría tan comunicativa que, a veces, al descubrir las fotos, Haru reía con ganas. Lo tranquilizaba que la suerte de su hija estuviera en sus manos, y aunque Maud ya no salía en las fotografías, los informes lo confirmaban: pasaba todo el día sentada en el porche, llorando a ratos. Pero Rose vivía y Haru seguía hablándole, por la mañana y por la noche, de su río, de sus hermanos y de sus antepasados lejanos. Le contaba Takayama y Kioto, las montañas de allí y de allá, las etapas de la fermentación del sake y la importancia de los zorros. Le explicaba su trabajo, le decía lo que le gustaba y lo que no, le desvelaba los engranajes y los trucos del oficio. Al hacerlo, se descubría como nunca se había percibido: múltiple, compuesto, vinculado a la galaxia de sus padres. Para concluir, encendía un cigarrillo antes de reanudar su vida japonesa.

Encaramada a este equilibrio relativo, la vida transcurrió deprisa hasta el año del gran comienzo. Los negocios marchaban tan bien que, por mediación de Beth, pudo comprarse un apartamento en Tokio. Iba a la capital dos o tres veces al mes, organizaba allí cenas de prensa, exposiciones efímeras y fiestas en casa de un conocido que tenía un edificio en Ginza. Allí conocía a mujeres, a hombres que se convertían en amigos y a mucha gente que enriquecía su red de contactos. Pasaba allí días festivos y laboriosos, cosechando un gran éxito. Pero cuando regresaba a Kioto, a su hogar, a sus templos y sus montañas, se sentía renacer. Bajo el fasto del éxito, reconectaba con el hombre que había precedido al marchante de arte. Regresaba a la casa del Kamo-gawa y salía en busca de sus amigos. Veía a Keisuke en el fondo de un bar y se sabía en el centro de su propia vida.

Se escribía de vez en cuando con Emmanuelle Revers, cuyo regreso a Japón había deseado y con la que esperaba poder hablar de Rose. Tres años después de su primer encuentro, ella le escribió para anunciarle que iba a dar esa primavera una serie de recitales en Nagoya y en Tokio. Pero iré a visitarlo a Kioto, decía al final de su carta, y pasearemos juntos bajo los cerezos del Shinnyo-dō.

Después de esa misiva no volvió a tener noticias suyas y se enteró por Tomoo de que se habían anulado los conciertos. Una semana más tarde, recibió una carta cuya trémula letra le costó descifrar. Estoy enferma, le explicaba, y, al contrario que los médicos, sé que el desenlace será fatal. Él le contestó que sin duda se equivocaba, que pensaba en ella y que pronto volvería a Japón. En su respuesta, esta le dio las gracias y añadió: Morir no me preocupa, pero, cuando yo ya no esté, ¿quién recordará a mi hijo? Después de eso no tuvo más noticias suyas, se inquietó y llamó a Manabu Umebayashi, quien lo informó de que Emmanuelle Revers ya no salía de su casa y no recibía visitas. Por fin, un día, sin que nadie viera venir la tormenta, llegó el año 1985, y todo lo anunciado comenzó.

1985: el año de las cuatro muertes. Haru se enteró de la primera por Tomoo la tarde del 3 de enero. Ese día no tenía previsto ir a Shinnyo-dō, pero, movido por un impulso repentino, salió bajo la nieve, paró un taxi y llegó a la puerta del velero justo cuando anochecía. Tomoo lo recibió diciendo: Emmanuelle Revers ha muerto, y añadió: Isao está enfermo. ¿Cómo de enfermo?, preguntó Haru, pero Tomoo no contestó, lo invitó a entrar y lo llevó a la sala de las fiestas y el sake, donde su único amor, muy dolorido, yacía en un sofá. Con las mejillas hundidas y la mirada apagada, respiraba con dificultad. La vejez se había apoderado de su hermoso rostro, joven el día anterior. Estuvo enfermo una semana y murió. En el hospital desfilaban los amigos, Tomoo no se alejaba de la cabecera de su cama, no había nada que hacer, solo mirarlo apagarse. El 10 de enero por la mañana, Haru fue a la habitación y encontró a Tomoo de rodillas en el suelo, con los ojos cerrados y las manos sobre los muslos. Se arrodilló a su lado y se quedaron allí los dos juntos, en el falso silencio de los monitores, luego se levantaron y vieron que Isao había muerto. Tomoo no se inmutó, no lloró, no dijo nada, y tampoco Haru. Contemplaron el cuerpo atormentado de aquel que había sido tan alegre y bello, luego vino una enfermera, seguida de un médico y de otros más, y ellos salieron de la habitación.

El velatorio se celebró en casa de los padres de Isao, en Arashiyama, en la otra punta de la ciudad. El monje, indiferente y senil, balbuceaba su sutra, el lugar era lúgubre, la familia exhibía un silencio reprobador, sin que se supiera si era por la muerte de Isao o por la presencia de sus amigos. La casa daba al río Katsura, allí donde, ancho y pedregoso, se asemeja a un paisaje lunar. El jardín estaba descuidado, el tiempo era húmedo y oscuro, todo olía a pobreza y a tedio. Los visitantes entregaban su sobre de ofrendas mientras Isao descansaba, con los rasgos irreconocibles, en medio de esa ciénaga. El entierro, al día siguiente, fue acorde al velatorio, y Tomoo, haciendo lo que se esperaba de él, se presentó como el compañero de piso del difunto. Dejó una flor en el ataúd abierto y se fue sin mirar atrás. Esa misma noche, en Shinnyo-dō, se congregó una gran asamblea.

Estaban allí los amigos de siempre, los compañeros del teatro del que Isao había sido regidor, y había una cantidad astronómica de sake. Uno de sus hermanos, el único con el que Tomoo había tenido relación, se reunió con ellos cuando empezaron los discursos, que iban alternándose con rondas de alcohol, en una serie que prometía durar toda la noche. Bebían, alguien se levantaba y hablaba, volvían a beber, otro se levantaba y hablaba a su vez. Tomoo, tirado en el sofá donde había sufrido su gran amor, escuchaba a todo el mundo sin beber. Los actores y los técnicos contaban anécdotas de teatro, los amigos, anécdotas de amistad, ebrios todos de sake y de tristeza. En un momento dado, Keisuke se dirigió al hermano de Isao.

—Dime, Ieyasu, ¿crees en la vida ideal?

Naturalmente, este estaba demasiado borracho para responder.

—No existe —dijo Keisuke—. No juzgues con demasiada severidad a tus padres y hermanos, creen en lo que les dicen que tienen que hacer en lugar de hacer aquello en lo que creen, y tantos otros son como ellos. Pero Isao, en cambio, solo creía en la humanidad y, por ese motivo, era de esos hombres con quienes es posible una vida ideal.

Hubo murmullos de asentimiento y por fin Tomoo se bebió cuatro copas seguidas. Hacia las diez de la noche, llamó a la puerta del velero Jacques Melland, acompañado de un hombre muy joven que lucía la misma chalina negra que él. Le dio el pésame a Tomoo en japonés y, señalando a su hijo, dijo:

—Me gustaría que aprendiera.

El joven se presentó en un japonés titubeante: Se llamaba Édouard, estaba encantado de conocerlo, y añadió en inglés que lo sentía mucho por Isao.

—¿Qué edad tienes? —preguntó Tomoo.

—Dieciséis años —contestó él.

Por la ventana, bajo la farola, se veía el cerezo, brillante de invierno y de noche. Conforme pasaba el tiempo, algunos invitados se fueron quedando dormidos en los tatamis, otros se marcharon y, en un momento dado, ya solo quedaron charlando y bebiendo los dos franceses y el trío de amigos japoneses. Al principio hicieron el esfuerzo de hablar en inglés, pero, por efecto del sake, volvieron al japonés, y Haru, el único capaz todavía, fue traduciendo para Jacques, que comprendía bastante bien, y para Édouard, que no comprendía nada. Hasta el propio Tomoo estaba un poco desfallecido y, hacia medianoche, Jacques tuvo que repetirle dos veces su pregunta sobre la muerte de Isao.

—Una enfermedad fulgurante —contestó cuando por fin comprendió—. El infierno está muy cerca de nosotros, caes en él al cruzar un banco de bruma.

Keisuke, que medio roncaba ya, levantó la cabeza.

—¿El infierno? —dijo—. Solo he tenido una hora de vida y, sin embargo, me está vedado morir. Mi destino es sobrevivir a los míos, y aquí estoy, como un idiota, esperando a que os muráis todos.

Eructó y se sirvió otra copa.

—Pero tú —añadió mirando a Tomoo—, tu destino es diferente.

Haru tradujo para Jacques y Édouard.

—Ah —dijo Jacques—, es lo que había entendido. Yo me moriré antes que los míos, pero también ha pasado ese momento y ya no me queda más que matar el rato.

Se volvió hacia su hijo.

—Te quiero —le dijo—, pero hablo de mi vida como hombre, ¿entiendes?

—¿En qué es diferente el destino de Tomoo? —preguntó Édouard.

Haru le hizo la pregunta a Keisuke en japonés.

—¿Tochan? —dijo Keisuke—. Tiene suerte, nada más. Vivirá otros amores.

—¿Es usted el maestro de la suerte? —preguntó Édouard.

—Pues claro —dijo Keisuke.

—¿Puede decirme si yo tengo?

Keisuke se rio.

—No soy médium —dijo—, no veo las cosas por encargo.

—Entonces ¿qué es usted? —preguntó Édouard.

—Poeta —respondió Keisuke.

El resto de la velada transcurrió deprisa, nadie era capaz ya de mantener una conversación en condiciones, y Haru siguió hablando él solo con Édouard.

—¿Sabes qué quieres hacer con tu vida? —le preguntó.

—Seguiré con el negocio —dijo Édouard—. Pero antes voy a estudiar arte y lenguas orientales.

—¿Te gusta el comercio? —preguntó Haru.

—Bueno —dijo Édouard—, tampoco tanto, pero es un medio, ¿no?

—¿Un medio de qué? —preguntó Haru.

—De estar aquí —contestó el joven.

Recorrió la habitación con la mirada.

—Nunca pensé que algún día llegaría a entender a mi padre.

Y, señalando a Tomoo:

—Tampoco habría sospechado nunca que mi padre pudiera entenderme. Es obvio que vivimos en planetas distintos, salvo cuando estamos en Japón.

—Pues ya es algo —dijo Haru y, en tono despreocupado, añadió—: ¿Conoces a nuestra amiga común, Maud Arden?

—¿Maud? —dijo Édouard—. Tuvo una hija y fue a encerrarse en casa de su madre. Mi padre la aprecia, no sé muy bien por qué. A mí me parece que está loca, compadezco a su hija, de hecho.

—¿Loca? —repitió Haru.

—Quiero decir: ¿quién se retira del mundo con treinta años, aparte de los monjes y los locos?

A las tres de la madrugada, Jacques y Édouard se marcharon, Keisuke roncaba en los tatamis con otros más y Tomoo descansaba en el sofá, con los ojos medio cerrados. Haru salió al frío y subió la escalinata en dirección al templo. La noche era clara, los faroles de piedra proyectaban en el patio largas sombras afiladas y la gravilla brillaba. Lo que Édouard le había dicho —en Japón, mi padre y yo nos entendemos— le ofrecía a Haru una perspectiva nueva sobre su relación con su hija. Quería dar y, hasta esa noche, había considerado que eso consistía en hablarle a Rose y, más tarde, en legarle sus bienes. Al pensar en ello, se rio, exhalando una nubecita de vaho delante de él. Encaminándose a Kurodani, serpenteó entre las tumbas hasta llegar a lo alto de la gran escalinata. De la ciudad extendida a sus pies subían un sordo rumor y el grito de una sirena. A la izquierda, a lo lejos, se veía la torre de observación, el edificio más alto de una ciudad sin rascacielos, con su aire de champiñón de acero, su tronco blanco y su plataforma circular rojo vivo. En el centro, las ventanas del hotel Okura, la segunda construcción más alta de Kioto, lanzaban pequeños halos de luz en la bruma ligera. A lo lejos, a la derecha, los edificios de la ciudad moderna se extendían casi hasta las vertientes abruptas de las montañas. Aquí y allá, perdidos en ese océano de hormigón, destacaban como faros los tejados de los templos. Todo lo demás estaba bañado en un aura de neón. Haru contempló largo rato esa mezcla de fealdad y de gracia.

Por lo demás, comprender a los vivos era la tarea a la que lo abocaban sus treinta y seis años, pues los humanos no dejaban de morir a su alrededor y había que cuidar de los que quedaban.

El tercero en desaparecer de escena, después de Emmanuelle y de Isao, fue Ryū Nakamura, el marido de Beth, a los cuarenta años. El 20 de enero —el día del cumpleaños de Haru—, se desplomó hacia mediodía en el suelo de una obra, y la ambulancia que acudió a socorrerlo solo pudo constatar su fallecimiento. Beth lo aguardaba en un restaurante cercano en el que habían quedado para almorzar. Al ver llegar al brazo derecho de Ryū, la sangre se retiró de su rostro y se refugió en sus pies. Cuando este le dijo: Nakamura san ha tenido un ataque, se dejó caer sobre la silla, presa de un alivio infinito. Unos días más tarde le confesó a Haru: Creí que se trataba de William. Las exequias fueron imponentes y Beth se esmeró en contentar a la opinión japonesa, plegándose a las costumbres, rindiendo un sincero homenaje a su marido y preparando el futuro de la empresa. William callaba, como siempre en sus almuerzos en Teramachi y, en general, en la vida. Era tal su belleza que partía el corazón, se temía que esa belleza estuviera rota, como se teme de toda obra perfecta. A veces tenía esa mirada sombría a la que Haru se había acostumbrado, pero ninguna igualaba la negrura de aquella, anegada en terror, de su duodécimo cumpleaños. En la adolescencia, sus ojos muy azules habían adoptado una textura cristalina y se percibía que la intensidad, en su punto álgido, se había tornado transparencia. Su alta silueta, su cabello negro y su piel clara añadían a su gran belleza una elegancia singular que seguía fascinando a la gente. Pero, pasara lo que pasara, impasible y callado, él solo parecía tener ojos y oídos para su madre. Con ella se expresaba en inglés, aunque en sus almuerzos en Mishima Tei hablara también japonés. Haru se había fijado en que parecía menos triste cuando empleaba la lengua de su padre y, en las exequias, lo vio más cómodo en su piel nipona de lo que lo había visto nunca en la británica. Pero, independientemente del idioma, William no dejaba de ser un misterio.

Transcurrieron algunos días más sin otra advertencia, hasta que llegó el 13 de febrero y, en mitad de la tarde, Sayoko dijo: Hay algo raro en el aire. Esa noche, Haru cenó con Keisuke y Tomoo en un restaurante de sobas en Shirakawa, la gran arteria que transcurría por debajo del velero. Allí bebieron razonablemente y luego se fueron a seguir bebiendo a un bar del centro en el que servían vino francés, el primero en Kioto. Bah, declaró Keisuke tras una copa de borgoña cobrada a precio desorbitado. Pidieron un gran burdeos, que saborearon negando con la cabeza —no vale un buen sake, dijo por fin Keisuke—, y emigraron hacia uno de sus bares preferidos en el que servían unos sakes a precios igual de descomunales. Al cabo de dos horas festivas, Haru tuvo una sensación cuya causa atribuyó al alcohol: el mundo se retiraba como el mar en la orilla antes de un tsunami. Veía las calles y los edificios aspirados por un vórtice invisible y arrastrados muy lejos sin que pudiera retenerlos. En ese mismo instante, hablando de Tarō, su hijo mayor, Keisuke dijo: Está haciendo submarinismo en Okinawa, la juventud de hoy es idiota, a su edad yo me iba a buscar tierra para raku en las montañas. Tomoo cogió un taxi a Shinnyo-dō, y Keisuke y Haru fueron a pie a la casa del Kamo-gawa. El marchante estaba bastante achispado, pero caminaba sin hacer eses y no hablaba con lengua de trapo. Sosteniendo a Keisuke, lo arrastró hasta el sofá bajo de la gran habitación, donde lo dejó tumbado antes de retirarse a su cuarto.

Cuando despertó, lo embargaba una sensación de desgracia y de lluvia. En la sala del arce, Sayoko hacía la lista de la compra mientras vigilaba a Keisuke de reojo. El alfarero roncaba, con la cabeza aplastada sobre un cojín, una pierna colgando fuera del sofá y la otra asomando del pantalón, subido hasta la rodilla. Llovía y las montañas del Este desaparecían bajo ráfagas continuas de niebla. Llamaron a la puerta, Sayoko fue al vestíbulo y volvió con los brazos cargados de ramas de cerezo. Haru la miró colocarlas en un gran jarrón de arcilla de paredes agrietadas. Sus gestos eran quirúrgicos, sin vacilaciones, guiados, como todo aquello que hacía, por el hálito de un saber milenario. Cuando terminó el arreglo floral, Keisuke abrió los ojos y exclamó:

—¡Ah! ¡Ese jarrón no está mal!

Haru rio.

—Tampoco el alfarero.

—¿Es mío? —quiso saber Keisuke.

—Tuyo es.

Tomaron el té, charlando y fumando. Hacia las once, Sayoko, que iba y venía por la casa, se paró delante de la cristalera que daba al río. Pareció escrutar el magma gris del paisaje y se llevó una mano al pecho.

—¿Va todo bien? —le preguntó Haru.

—No lo sé —dijo ella.

Haru se levantó inquieto.

—No —dijo ella—, yo estoy bien.

Dio media vuelta y se fue a la cocina. Haru y Keisuke se miraron.

—Esto no me gusta —dijo el alfarero—, ¿sabes que tiene un don de videncia?

—¿Te burlas de la religión y crees en los dones de videncia? —preguntó Haru divertido.

—Creo en los humanos y en sus talentos —replicó Keisuke.

Hacia mediodía salieron de la casa y Haru fue a tomar el tren para Tokio. El final de la tarde transcurrió entre reuniones de negocios, y esa noche dio una cena muy bien regada en la que cerró una de las ventas más importantes de su carrera. Cuando volvió al apartamento de Hongō, hacia las tres de la madrugada, sonaba el teléfono. Descolgó y oyó la voz de Sayoko decir: Tarō san se ha matado. ¿Matado?, repitió Haru sin comprender. En Okinawa, en la isla Zamami, dijo ella. Un accidente de submarinismo. Su voz era fría, mecánica. Al cabo de un silencio, añadió: Yo debería haberlo sabido. No se puede, dijo Haru y, al cabo de otro silencio: Tomo el primer tren.

Tomó el Shinkansen de las cinco y llegó a casa antes de las ocho. Sayoko le abrió la puerta. En la sala del arce encontró a Keisuke sentado en el suelo, con la espalda apoyada en la jaula de cristal.

—Morir a los dieciséis años en Zamami: el destino no puede ser más cruel —dijo el alfarero.

Haru se sentó a su lado.

—Allí amé a Sae.

Aceptó el cigarrillo que le ofrecía Haru.

—El destino destroza sus ramas —prosiguió—. ¿Cómo me vas a consolar esta vez?

Haru no dijo nada.

—Hoy repatrian el cuerpo —siguió diciendo Keisuke—, Nobu llega esta mañana. La playa de Furuzamami es preciosa, ¿lo sabías?

Dio una profunda calada.

—Lo peor va a ser aguantar a los monjes otra vez —dijo—. El incienso, los monjes, los sutras, las estúpidas ofrendas en sus bonitos sobres y otra vez los monjes.

Durante el velatorio, el hermano de Keisuke, Hiroshi, ofició con dignidad. A las exequias del día siguiente acudió una marea humana; vienen por ti, por Nobu, por Tarō, por Sae y por Yōko, le dijo Haru a Keisuke. El alfarero lo observó con una mirada inexpresiva y se puso a sollozar con una desesperación tan desgarradora que Haru se lo llevó aparte, lejos de la vista de su hijo pequeño, y allí lloró largo rato en el silencio de la amistad. Al final de las exequias, tomó la palabra y, conforme a la costumbre, dio las gracias a los presentes. Con los ojos secos y los hombros encorvados, habló con delicadeza mirando a Nobu, el único superviviente de los hermanos.

—Mientras tú estés, deseo vivir, pues las ausencias me destrozan, pero tu presencia me colma

—dijo—. Has de saber que, si estuviera solo, llamaría a las fuerzas de la muerte y les diría: No me dais miedo. Pero no estoy solo, y si la vida solo ofrece una hora de fervor, quiero vivirla contigo.

Unos días después, Haru, Tomoo y Keisuke se reunieron de noche en el velero de Shinnyo-dō, donde tomaron sake y senbeis. Permanecieron en silencio, solo se oía el crujido de las galletitas y el sonido de las copas al dejarlas sobre la mesa. Transcurrió así una hora, entonces Tomoo se levantó y fue a poner un disco en la pletina.

—Ella Fitzgerald y Joe Pass —dijo—. La canción la escribió eden ahbez. Unos años más tarde, perdió a su hijo Tatha, que murió ahogado a los veintidós.

Escucharon la pieza, Haru repitió la letra en inglés y se la fue traduciendo a Keisuke.

There was a boy
A very strange enchanted boy
They say he wandered very far, very far
Over land and sea
A little shy and sad of eye
But very wise was he
And then one day

A magic day he passed my way
And while we spoke of many things
Fools and kings
This he said to me
«The greatest thing you'll ever learn
Is just to love and be loved in return»

—¡Ah! —dijo Keisuke—. ¡El amor! ¿Qué te crees? ¡El amor es lo que nos mata!

Pero miraba a Tomoo agradecido. Bebieron otro poco y dijo:

—Haru me ha dado su silencio, tú me das esta canción.

La velada transcurrió entre tinieblas y luz. Los meses sucesivos, Keisuke realizó una serie de cerámicas y de caligrafías magníficas, y Haru organizó en Kioto y en Tokio dos exposiciones que tuvieron mucho éxito.

—A pesar de todo el dinero que me quitas, me hago rico —dijo Keisuke—, eres un marchante cabrón, pero trabajas verdaderamente bien.

En paralelo a su vida de negocios, Haru seguía llevando su vida secreta de padre, y poco después Rose cumplió nueve años. En unas fotos hechas con teleobjetivo se la veía fuera de la propiedad, a pie o en bicicleta, pequeña exploradora alegre y sin resuello, maravillosamente viva. Una mañana, rompiendo el pacto que parecía haber hecho consigo misma, Sayoko se paró delante de una de esas fotos. Era enero, nevaba, y Haru, que fumaba en su despacho leyendo un informe, levantó la cabeza y la vio inmóvil delante de la foto. En ella se veía a Rose riendo a carcajadas, con el gorro torcido, sujetando algo entre los brazos. La imagen, tomada desde lejos, no permitía distinguir el objeto. Detrás de la niña, en el porche, se adivinaba una silueta borrosa.

—Un gatito —dijo Sayoko y, tras una pausa, añadió—: Y una sombra.

Esas últimas palabras inquietaron a Haru, pero los meses transcurrieron deprisa sin más alertas, hasta que, un día, llegó el décimo cumpleaños de Rose. Hacía un tiempo increíblemente bueno y templado para ser 20 de octubre —subrayó el investigador—, y las fotos la descubrieron con un abrigo, en el jardín, delante de una tarta con velas. Infringiendo las consignas, sin duda por error, había también una foto de Maud sentada sonriente a su derecha, flaca y encogida. A Haru lo desconcertó tanto esa sonrisa que no durmió en toda la noche. Abría una perspectiva que le había llevado años cerrar. Le murmuraba: ¿Y si...? Tarareaba una cancioncilla desgarradora —¿y si...?, ¿y si...?, ¿y si...?— que lo acompañó durante todo el día. Trabajó, fue al almacén e hizo varias llamadas telefónicas, arrullado por esa letanía. A las cinco, respiró hondo y se dispuso a llamar a Manabu Umebayashi a París, pero, justo cuando alargaba la mano hacia el teléfono, este sonó. Era Yasujirō, el antiguo brazo derecho de Ryū Nakamura, ahora el de Beth. Solo dijo: Tiene que venir a Ichijo. ¿Ahora?, preguntó Haru. Ahora, contestó él.

Haru salió, paró un taxi y se dirigió al palacio imperial. Cuando el coche, dejando atrás la tapia oscura, tomó por Ichijo, la calle en la que vivían los Nakamura, vio desde lejos luces de coches patrulla. Yasujirō lo esperaba delante del edificio, con el rostro tan demudado que apenas lo reconoció. A su lado había coches de policía, y una ambulancia se alejaba ya. ¿Beth?, preguntó Haru. William, dijo Yasujirō. Haru lo siguió hasta el apartamento, se cruzaron con policías que salían de la casa con semblante grave. Los Nakamura ocupaban toda la última planta, las grandes cristaleras del salón dominaban el sur de la ciudad. A lo lejos se veía la estación y la torre champiñón; a la izquierda, los templos que bordeaban las montañas del Este, y, a la derecha, las del Oeste, que el crepúsculo anegaba en terciopelo oscuro. Sentada en un sofá, Beth levantó los ojos hacia él, unos ojos duros que el dolor volvía negros. Le indicó con un gesto que se sentara enfrente de ella, en otro sofá, y Yasujirō salió de la habitación murmurando: Estaré en el despacho.

—Háblame —dijo Haru—, no sé lo que ha ocurrido.

Ella le hizo un gesto con la mano que significaba: Espera, y él esperó.

—Quería irse —dijo por fin.

Soltó una risa breve y atroz.

—¿Irse? —preguntó Haru.

—Se ha suicidado.

Haru miró a Beth y, por encima de su hombro, a las montañas donde brillaban las luces artificiales de la noche. No sentía nada. ¿Cuál era el nombre japonés de William?, se preguntó, y lo golpeó una ola de tristeza y de espanto.

—Quédate donde estás —le dijo ella—, si te acercas a mí, me hundo.

Se pasó la mano por la frente.

—¿Cómo se puede amar y estar tan ciega?

Señaló con la mano una hoja de papel que tenía delante.

—*Me voy* —dijo—. Ha escrito solo eso: Me voy.

Tragó saliva con dificultad.

—No habrá otra explicación. No sé si puedo sobrevivir a esto. Ni siquiera sé si puedo llorar.

—Llorarás más adelante —dijo Haru—, pero por el momento hay mucho que hacer, descansa en mí.

—Es lo que quería pedirte —dijo ella—. Ocúpate de todo, yo me ocuparé de mí.

Haru se ocupó de todo. En el funeral, Beth no lloró, recibió las muestras de pésame con serenidad. Cuarenta y nueve días después, la acompañó al cementerio para dejar la urna en el panteón de los Nakamura. Junto a los nombres de Ryū y de William, Beth había mandado grabar el suyo en letras rojas.

—Es una práctica que se está perdiendo —dijo Haru.

—He pensado en matarme, pero, si me muero, ¿quién recordará a William? Por eso he hecho escribir mi voluntad de reunirme con él sin morir.

—El dolor está en todas partes, no se puede escapar de él —dijo Haru—. Pero, a veces, en algunos lugares, con ciertas presencias, te convertirás en otra mujer que podrá respirar de nuevo.

Ella lo miró, Haru vio que sus palabras le hacían bien, y añadió:

—Esto lo sé por otra mujer extraordinaria.

Y, para sí: Por otra extranjera.

Al día siguiente, Beth fue sola al Nanzen-ji. Pagó en la entrada, se descalzó, se puso los horribles patucos de piel sintética del templo y recorrió la galería oscura hasta el jardín principal. Había nevado toda la noche y el cielo estaba pálido. La belleza extrema de la escena le aceleró el corazón, mientras el blanco y negro de los árboles y los tejados nevados le desvelaba el lugar de una manera distinta. Esas formas puras —la arena, blanqueada y lisa, la desnudez de las ramas, la vertiente espolvoreada de las tejas— expresaban gracia y dolor, amor y desolación. Sintió que su cuerpo se disolvía y su espíritu accedía a un lugar —en otra parte— en el que, por primera vez desde la muerte de William, podía respirar. Eso duró un largo rato y luego Beth se arrodilló en el suelo de madera y lloró con grandes sollozos liberadores. Cuando se levantó, calmada y vaciada, volvió el dolor, intacto y cruel; pero puedo regresar aquí tantas veces como quiera, pensó, y se marchó. Llamó a Haru y le contó su mañana.

Él colgó y meditó sobre lo que le había dicho Beth.

A partir de su décimo cumpleaños, las fotografías mostraban a Rose de una manera distinta. Ya no sonreía ni reía, y Paule, a su lado, parecía preocupada. Las imágenes llegaban de Francia, desvelando a una niña cada vez más huraña a la que solo la presencia de su gato parecía animar a veces. La Navidad se veía triste, sin fotografías triunfantes, con los regalos en la mano en el jardín nevado, y el envío del primer trimestre de 1990 confirmó el presagio. Cuando Haru miraba las fotografías, no podía evitar pensar en William y dormía mal, acosado por pesadillas de las que despertaba atormentado. En febrero fue a Takayama a visitar a su familia. La enfermedad de su padre no había progresado, no había seguido perdiendo la cabeza, una curiosidad para los médicos, que habían vaticinado una degradación continua; vamos tirando, contestaba Naoya cada vez que Haru le preguntaba cómo marchaba el negocio. Ese invierno no fue una excepción, Haru llegó al final de la mañana, pasó un rato en la tienda con su hermano hablando de cosas sin importancia y se dirigió a la casa familiar. Encontró allí a sus padres de un humor bastante alegre y, en un momento en que su padre salió a buscar leña, su madre le dijo: Ahora trabaja menos, eso es bueno. Almorzaron un donburi de pollo acompañado de sake caliente. Al terminar,

Haru les preguntó cómo era a los diez años. Su padre se levantó, salió de la habitación y volvió con un cuadrado de papel. En la fotografía de hacía treinta años, se veía a Haru en la orilla detrás de la casa, con el busto vuelto a medias hacia la cámara. Al fondo, el torrente, los pinos helados y la gran piedra cubierta por su tocado invernal.

—Fue tomada la mañana en que cumpliste diez años —dijo su padre, y añadió riendo—: Te regalamos una bicicleta y querías ir a Takayama.

Parecía feliz de ese día del que Haru conservaba un recuerdo gris. Examinó la imagen amarillenta.

—¿Puedo quedármela? —preguntó, y su madre asintió.

En el camino de vuelta de Takayama, se asombró de la presencia de espíritu de su padre; está aquí y en otra parte, pensó, navega entre los dos mundos, pero no somos más capaces de comunicarnos que el día que cumplí diez años. Tenía la impresión de que las cimas soleadas querían echarlo de allí. Tomó el tren a Kioto, adonde llegó tarde ya, se dio un baño, se acostó y se sumió en un sueño agitado, poblado de imágenes en las que dominaba un sentimiento de ternura y de fracaso. Nada más despertar, tuvo la visión de un zorro inmóvil sobre el hielo resplandeciente; luego todo volvió a la nada y fue a la sala del arce, donde Sayoko, saliendo de las cocinas vestida con un kimono color crema, le llevó el té. En silencio, Haru le tendió la fotografía.

—*Volcano boy* —dijo esta tras examinarla—. La misma mirada.

No lo reconfortaba que Rose, por pelirroja y francesa que fuera, se le pareciera. Si dar era comprender, entonces no comprendía ni daba nada y, además, no podía hablar con nadie de Rose ni de su transformación. Pese a ser juez y guía en la vía de las mujeres, Sayoko no era una confidente, se comprendían pero no se avenían, sus rarezas diferían demasiado como para que pudieran hablar con libertad. Sin haberse cuestionado nunca verdaderamente la razón, le era imposible sincerarse con Tomoo o con Keisuke, y la muerte de William había arrojado luz sobre el porqué de su silencio estando con Beth. Seguía viéndola con regularidad, pero ya no compartían lecho. La tragedia los había alejado carnalmente, mientras que su amistad, intacta, había adoptado un tono sombrío, presente también en las demás facetas de su vida, como si algo en él hubiera efectuado una traslación ínfima y alterado, insensible pero decididamente, el curso de sus días. En esa época se convirtió en su amante una japonesa que acababa de regresar al país después de diez años en el extranjero junto a su marido diplomático. Con ella, Haru descubría una manera de hacer el amor, febril y tensa, que era nueva para él. Con excepción de Maud y su pasividad fría y oscura, el sexo siempre había sido para Haru un juego divertido y ligero. Le gustaba seducir y provocar placer, y veía en ello una suerte de milagro tan poco dramático como una noche de borrachera. Ocurría a veces que algunas de sus amantes se convirtieran en amigas y hablaran con una libertad que no tenían con sus maridos ni, muchas veces, con sus propias amigas, pero, incluso entonces, Haru sabía preservar del sexo su ligereza y su encanto sin mañana. Emi, por el contrario, había entrado en su vida y en su lecho con una sed que no dejaba espacio a la charla amigable. Lo deseaba y lo arrastraba en una espiral apasionada, y Haru no sabía qué la mantenía a flote, si el deseo o el ensombrecimiento de su propio ánimo, pero sentía que el ciclo de las maldiciones hacía posible aquello de lo que en el pasado se habría alejado. Una noche, estando ella frente a él en la gran bañera, desnuda, entregada e intensa, sintió el ardiente impulso de hablarle de Rose. Era verano, el canto de las cigarras tenía estridencias de sirena, Emi lo miraba con esa mezcla de deseo y de compasión que tan cerca está del amor, y se sintió tentado; pero ¿qué lo tentaba?, se preguntó, asustado de la inmensidad de lo que se disponía a hacer. Ella percibió su vacilación y se le acercó. Haru observó sus labios finos y sintió tanto deseo por ella que la penetró en el agua y la estrechó con fuerza contra sí, ávido de adherirse a todo su cuerpo, agotado al fin por ese abrazo desesperado. Más tarde, en la habitación, encendieron un cigarrillo y ella se sentó con la espalda apoyada en la pared y las piernas cruzadas.

—Háblame —le dijo.

Haru no pudo. La semana siguiente coincidieron en una recepción oficial a la que Haru había acudido acompañado de Keisuke, y Emi de su marido. Se celebró en los salones del hotel Okura, y Haru se dedicó a repartir tarjetas de visita para nutrir su red de contactos. Al cabo de una hora, algo borracho, Keisuke halló refugio en un sillón y empezó a roncar discretamente. En un momento dado, abrió los ojos y se encontró delante a Emi, que estaba mirando a Haru. Unos días después, los dos hombres almorzaron en un nuevo restaurante de tonkatsu en Sanjō, en la galería cubierta.

—Bueno, ¿y esa mujer? —le dijo Keisuke.

—¿De qué me hablas? —preguntó Haru, que sabía muy bien de qué le hablaba.

—De la posibilidad del amor, si es que estás dispuesto a aceptarla.

Haru no contestó, terminaron el cerdo empanado y la col con salsa de yuzu y salieron a la galería comercial. Se terminaba a los treinta metros, y más allá estaba Sanjō-dori, su hormigón y sus rótulos luminosos se extendían hasta las vertientes arboladas de las montañas del Este. Nimbada por el calor estival, la fealdad urbana parecía más sucia todavía, y las laderas, sosas y compactas, no dejaban pasar la luz. El bosque se veía hosco, sombrío y deprimente, surcado por las ofensas de neón de la ciudad moderna. Observaron en silencio esa mezcla de Japón antiguo y nuevo antes de despedirse. Haru volvió a su casa a pie por la orilla del río, atestada de corredores, paseantes, ciclistas y madres que empujaban cochecitos de bebé. Las malas hierbas de las riberas, agostadas por el verano, inclinaban hacia el agua sus penachos, mientras el río fluía, indiferente y claro. Haru llegó a casa, se descalzó, se dio una ducha y, más fresco, fue a sentarse a la mesa baja junto al arce, donde Sayoko había dejado el correo. En la bandejita había una única carta, franqueada con un sello francés, con su nombre y su dirección escritos en caracteres latinos con una letra alta y fina que no le era familiar.

Contenía una fotografía de Rose en el jardín. En el trasfondo, unas lilas blancas de verano ocultaban una tapia de piedra seca. A la derecha, la mirada se perdía en el valle del Vienne. La niña, con un vestido verde de nido de abeja, reía arrugando la nariz. Haru le dio la vuelta y leyó simplemente *Paule* escrito con tinta negra. Se le aceleró el corazón y se pasó la hora siguiente estudiando el abanico de posibilidades. ¿Cómo había conseguido Paule su dirección? Estaba en el remite de la carta que le había enviado a Maud. ¿Sabía Paule que vigilaba a Rose? Era probable, aunque ese envío podía ser una simple botella arrojada al mar. ¿Qué quería Paule? Examinaba la fotografía, sin encontrar en ella ninguna pista, pero tenía el corazón encogido. Por fin se presentó Sayoko, acompañada de Mei, la joven que se ocupaba de las tareas domésticas. Haru habló con ellas antes de que se retirasen a las cocinas y, volviendo la mirada a la fotografía, comprendió: era la última foto antes del cambio radical. En ella se veía a Rose feliz, mientras que las imágenes sucesivas la mostraban triste y huraña, rodeada por un halo de desgracia. Paule Arden le había enviado el rastro de una felicidad perdida, la suya, la de su nieta y, pensaba tal vez, la de Haru. Entró en su despacho e interrogó a sus montañas. Se sentía preso de las maldiciones. Pensó en escribir a Paule, pero sintió miedo de que Maud se enterase y, mientras una lluvia estival, cálida y densa, empezaba a caer sobre Kioto, volvió a pensar que la ecuación de su vida no podía cambiar. Sin embargo, conmovido al saber que, en la otra punta del mundo, esa mujer llena de elegancia conocía su existencia y su nombre, se reconfortó como pudo con aquella idea que tanto bien le hacía. Pasaron las semanas, los meses y los años, acariciados y atormentados por la carta de Paule, atascados en la misma imposibilidad. El comercio prosperaba y las mujeres se sucedían, y mientras Rose crecía, sombría y melancólica, Maud decaía. Vio a su hija ir al colegio y al instituto de la ciudad, rodeada siempre de un cordón de compañeros sonrientes; pero las amenazas verdaderas son invisibles, pensaba Haru, y no pueden protegerla.

El 17 de enero de 1995, Haru dormía en el apartamento de Tokio cuando a las seis y media sonó el teléfono. Oyó a Sayoko decirle: En Kioto está todo bien, pero Shigeru está sin noticias de su madre, las líneas están cortadas. Haru recordó que su marido vivía en Kōbe y preguntó: ¿Qué intensidad? Todavía no lo han dicho, contestó ella, pero es grave. Haru se levantó y encendió el televisor. Un terremoto de grado 6 con una magnitud de más de 7 en la escala de Richter, decía el presentador, por desgracia el seísmo se ha producido a poca profundidad bajo la isla de Awaji y no ha dado tiempo a que las ondas se atenúen. Las primeras imágenes mostraban los destrozos en edificios y carreteras, en el puente colgante en la autopista de Hanshin entre Osaka y Kōbe, así como los grandes incendios que asolaban la zona. Como todos los japoneses ante las mismas imágenes, Haru pensaba: Los supervivientes van a morir calcinados, y le costaba respirar. Había previsto cenar con un cliente en Kōbe el día anterior, habría dormido en un hotel y habría tomado a primera hora de la mañana un Shinkansen para Tokio. A última hora, el cliente había anulado la cita, la habitación a la que iba destinado el biombo que le iba a vender Haru se había inundado; los tatamis son esponjas, se había reído al teléfono, mejor véndame estrellas de mar. Cuando Haru consiguió hablar con él dos semanas más tarde, este le dijo: Estamos vivos, pero ya no tengo casa. ¿Sabe quién nos repartió mantas, pañales, agua y ramen instantáneo justo después del seísmo? No fueron ni el gobierno, ni el ayuntamiento ni la administración local, que tardaron una semana en organizarse como es debido. Tampoco fueron las potencias extranjeras, cuyas ofertas de ayuda tan cortésmente rechazó nuestro primer ministro. Quienes nos ofrecieron lo necesario para sobrevivir en medio del frío fueron los yakuzas. Solo pudimos contar con el pueblo japonés y con el Yamaguchi-gumi.

Haru donó una cantidad considerable para las víctimas del seísmo y se encargó personalmente de hacer llegar víveres a los damnificados que conocía. Pero para él el estallido no estaba ahí. Después de que su cliente anulara la cita, decidió irse a Tokio a media tarde y cenó allí solo, como le gustaba, en una ramen-ya del barrio. Allí mantuvo con Rose un diálogo interior que la cerveza helada hizo delicioso. Unos días después, al descubrir las imágenes de las inmediaciones asoladas de su hotel en Kōbe, sintió que el desastre de Hanshin-Awaji abría una nueva brecha en la urdimbre de su existencia. Creía que no tenía miedo a morir, y ahora veía que no era así. Desaparecer sin que Rose lo hubiera conocido daba vida a la posibilidad de su propia aniquilación. Ser padre desconocido lo convertía en hombre mortal, y sentía que su vida se oscurecía aún más.

En junio de 1997, Rose aprobó el examen de bachillerato con nota, y Haru fue a Meidi-ya, en Sanjō, a comprar una botella de champán que descorchó esa misma noche en compañía de Keisuke.

—Qué asco —dijo el alfarero tras el primer

sorbo—. ¿Por qué tenemos que tragarnos esto? ¿Otra francesa en el horizonte?

Haru no dijo nada y volvieron al sake. Rose se fue a París a la universidad y Haru se enteró de que pensaba dedicarse a la botánica. En la capital vivía en el antiguo apartamento de su madre, a diez minutos a pie de la estación de Montparnasse, de donde salían los trenes para Turena. Las fotografías la mostraban en una diversidad inédita de situaciones, y Haru pasaba horas observándolas. Tenía amigos y pretendientes, salía, iba de fiesta, pero rara vez sonreía. Una fotografía, un día, la capturó en la terraza de un café, con un libro abierto delante; en otra, caminaba sola por el jardín de Luxemburgo. Las dos fotografías emanaban tanta tristeza que Haru empezó a odiar París, sus edificios arrogantes, sus jardines simétricos y sus ambientes llenos de dorados y hierro forjado. ¿Le habría gustado si Rose hubiera sido feliz allí? Pensaba que no, no le gustaba su arquitectura, le parecía que olía a poder y a orgullo. Percibía en su hija una armonía de arena y de musgo prisionera de un decorado hostil. Sentía latir en ella un corazón japonés que nada, a su alrededor, le permitía oír. La veía lastrada por el sufrimiento de su madre y por la fuerza de su propia sangre, era huraña pero resistente a la desgracia, cerrada pero singular, estaba desposeída de su vida, pero entera. Se preguntaba quién de los dos, Maud o él, se impondría al final, y así como corren las nubes en el cielo, se desvaneció un decenio marcado por una constancia notable —negocios, mujeres, fiestas, informes y fotografías de Francia—, hasta que, una mañana, llegó el año 1999 y se presentó en Kioto un joven llamado Paul Delvaux.

EN OTRA PARTE

Haru lo conoció en la casa de una clienta en el norte de la ciudad. Justo al lado estaba el santuario de Kamigamo, cuya proximidad con la naturaleza salvaje de las montañas septentrionales apreciaba mucho. Paseó por él hasta la hora de su cita. En la pálida bruma invernal —era el 18 de enero—, los toriis parecían arcoíris monocromos. Al lado, la selva virgen de Tadasu le confería al lugar su carácter primitivo y sagrado. Vio a dos ciervas en el borde del claro entre los árboles y sintió que iba a nevar. El primer copo cayó en el mismo instante en que llamaba a la puerta de Harada san, una joven acudió a abrir y lo hizo pasar a la sala principal, donde encontró a la anciana y a un joven occidental. Estaban sentados ante una mesa baja, junto a la cristalera que daba al jardín interior, y Haru vio a Paul por primera vez sobre un fondo de bambúes, de helechos y de uno de los faroles de piedra más hermosos que había visto. No se distinguía de los demás de su estilo —Mizubotaru—, pero poseía, a su juicio, unas proporciones perfectas. La casa estaba en consonancia con el farol, era antigua y sublime, tenía grandes pasillos, había madera por doquier y hornacinas adornadas con magníficos jarrones y espléndidas caligrafías. Harada san rara vez salía, pero la gente acudía gustosa a visitar a esa mujer minúscula, siempre sonriente y muy rica, apasionada del té y el arte, que pertenecía al círculo de clientes de Haru a quien este no se preocupaba de vender nada. Él iba a *pasar un rato* con ella. Cuando le compraba algo, Haru reducía su margen. Obraba por el negocio del arte con mayúscula y no por los negocios sin más, cuya vanidad se diluía en la perfección del farol Mizubotaru.

Tras los saludos de rigor, la anciana hizo las presentaciones. El joven se llamaba Paul Delvaux —le costó pronunciar su apellido, este se lo deletreó—, venía de Bélgica, hablaba japonés y había accedido a ser su profesor de francés. ¿De francés?, se extrañó Haru. Un viejo sueño, dijo la anciana, ya no me queda tanto tiempo para cumplir mis sueños, ¿verdad? La joven les sirvió un cuenco de macha y un nerikiri en forma de camelia, y Haru puso delante de Harada san un objeto envuelto en seda rosa.

—Ah —dijo ella—, imagino que nuestro amigo Shibata tiene algo que ver en esto, ¿verdad?

Tomaron el té en silencio, admirando los copos que caían en el pequeño jardín, y Haru se fijó en que el occidental sabía callar. Cuando Harada san pidió que quitaran la mesa, le preguntó qué lo había traído a Kioto. El joven contestó hablando bien, despacio y con educación. Su mujer y él habían estudiado japonés en Bruselas y disfrutaban de una beca de fin de carrera en Kyōdai, la universidad más prestigiosa de la ciudad. Añadió que estaban cumpliendo un sueño, a lo que Harada san contestó que sí, desde luego, había que soñar; de hecho, comentó, la vida en sí tal vez no sea sino un largo sueño. De nuevo se hizo el silencio y ella deshizo el furoshiki rosa. Sacó una caja de madera clara ceñida con un lazo trenzado y plano de algodón naranja. Lo desató, sacó del estuche un jarrón blanco, y Haru, guiándose por las señales de una larga relación, comprendió que le encantaba. La anciana le dijo a Paul que era para celebrar el cincuenta aniversario de haberse establecido en esa casa; un sacerdote de Kamigamo recitaría una bendición, ella serviría el té y tenía idea de colocar el jarrón bajo una caligrafía de un poema de Ryōkan. Pero quería una creación actual, añadió, no por ser viejo va a tener uno que renunciar a la novedad. Esbozó una sonrisa que no iba destinada a nadie. Observaba el jarrón. Al cabo de un momento, dijo: Está muy presente, y Haru se inclinó, bajando los ojos. Al levantarlos se cruzó con la mirada de Paul y reconoció en ella esa cualidad particular, concentrada e inconsciente de uno mismo, propia de los encuentros decisivos. Se percibía su complejidad bajo la corteza pulida, y a Haru le gustaba esa mezcla de reserva y de intensidad que había en Paul.

—¿Le interesa el arte? —le preguntó.

—Es lo único que me interesa —contestó él.

—¿Le viene de familia, quizá?

—Provengo de un linaje de pequeños industriales de Bruselas, protestante, para más señas, que no tiene el más mínimo gusto por la forma de las cosas —dijo riendo—. Soperas austeras y vino barato en la mesa.

Charlaron un rato, y Haru lo felicitó por su excelente japonés.

—No tengo mucho mérito, mi mejor amigo en Bruselas era de Tokio. Cuando empecé a estudiar japonés, ya nunca más volvió a dirigirse a mí en francés. Pero mi mujer lo habla aún mejor que yo.

Se volvió hacia el jardín, con sus bambúes y sus helechos espolvoreados de nieve fresca.

—He venido aquí a frecuentar cierta forma de arte y de cultura, de la que acaba de colocar una síntesis sobre la mesa.

Miró el jarrón.

—¿Quién es el autor?

—Keisuke Shibata, un alfarero de Kioto —contestó Haru—, y también un amigo.

—El legado entero de una civilización visto a través del prisma de un solo hombre vivo —murmuró Paul.

Haru se despidió y se marchó bajo la nieve que caía. Regresó a su casa animado por una extraña liviandad. Cuando Sayoko fue a servirle el té en su despacho, le dijo: Hoy he conocido a alguien interesante.

—Un joven de Bélgica —precisó.

—¿De Bélgica? —repitió Sayoko con consternación—. ¿Y dónde lo ha conocido?

—En casa de Harada san —contestó él.

Pareció aliviada.

—No hay sitio mejor para un encuentro —dijo aludiendo a las virtudes purificadoras del bosque o, quizá, a los poderes del santuario contra todas las fuerzas malignas del universo.

Vía libre para codearme con Bélgica, pensó Haru, tras lo cual se enfrascó en sus asuntos y no volvió a pensar en Paul Delvaux. Salió hacia las cuatro de la tarde, había quedado con Beth en una casa de té cerca de su casa y, justo cuando entraba en el edificio, se cruzó con el belga, que salía. Lo acompañaba una joven, tan bajita y morena como él era alto y rubio, arrebujada en un abrigo naranja. Clara, que así se la presentó a Haru, hablaba un japonés experto, con una fluidez y una sensibilidad que lo impresionaron.

—Ya que le gusta el arte —le dijo a Paul—, vengan a mi casa por mi cumpleaños pasado mañana, estarán unos amigos míos artistas; en particular, el alfarero cuyo jarrón ha visto esta mañana.

Al ver su sorpresa, añadió:

—Sé que no es muy común recibir invitados en casa así como así. Pero soy un poco original, ya se lo dirán.

Algo más tarde, esa misma noche, Haru pensó encantado en la joven belga; ¿sería el abrigo naranja, el hecho de que fuera francófona, el toque travieso de su sonrisa? Al pensar en ella, pensaba en Rose, y era como si se produjera un encantamiento. Hacia medianoche salió a reunirse con Keisuke en un bar del centro, donde lo encontró en compañía de unos clientes habituales y de Jacques Melland, al que saludó gustoso. Le preguntó por su hijo; Édouard está en Shanghái, contestó Melland, negocia muy bien con los chinos, me ahorra la trabajera. Haru le encontró mal aspecto y, tras un intercambio de noticias, Melland le dijo algo que no oyó bien por culpa del jaleo ambiente pero que comprendió por su mirada. Llegaron otros comensales, trajeron más sillas, Melland entabló conversación con Tomoo, y Keisuke fue a desplomarse junto a Haru. El marchante le dijo que a Harada san le había gustado el jarrón, que pensaba que lo compraría, y el alfarero se rio.

—Para plantarlo debajo de un poema cursilón —dijo.

Pero cuando Haru regresó, bordeando el Kamo-gawa barrido por un chaparrón de pequeños copos desordenados, recordó los versos de Ryōkan, a Clara Delvaux y a Rose, así como el jardín de la casa de Kamigamo con una profunda sensación de bienestar. Tomó un baño, leyó un poco y se sumió en un sueño tranquilo.

el jardín en la quietud
cuando la camelia
ofrece su blancura

Mandó traer camelias blancas para su cumpleaños, con las que Sayoko, con una concentración de atleta, hizo un arreglo floral que colocó en un gran jarrón oscuro. A las siete llegó un grupo de gente encabezado por Keisuke, otros se fueron uniendo a lo largo de toda la velada. Cuando Beth llegó a su vez, Keisuke la saludó con una profunda reverencia.

—La Dama de Hierro —dijo—. ¿A cuántos pobres diablos ha explotado tu imperio esta semana?

—Yo al menos no coloco lindos poemitas encima de tus obras maestras —replicó ella.

—Menudo traidor estás hecho —le reprochó Keisuke a Haru.

Poco después llegaron los Delvaux, y Clara le causó la misma impresión refrescante que hacía dos días. Llevaba un vestido rosa palo, sencillo pero elegante, y Haru pensó en Rose y en las ciervas de Tadasu. A su lado, alto, rubio y reservado, Paul sonreía. Haru les presentó a algunos de los invitados y la velada prosiguió. Unos amigos músicos tocaron el koto y el shamisen, y, desde la cocina, Sayoko mandó servir unos canapés a la francesa que Keisuke olisqueó con recelo. Es un chef japonés, le dijo Beth, tendrías que salir de tu isla algún día; el mundo entero es una isla, replicó el alfarero, zampándose una pequeña tosta de foie-gras teriyaki. En su jaula de cristal, el arce se doblaba bajo el peso de la nieve, Haru iba de un grupo a otro, pero era consciente de que su mirada se posaba a intervalos regulares en Clara y en Paul; me gusta su presencia, pensó, estudiando a la joven que reía hablando con Tomoo. Hacia las diez, completamente borracho, Keisuke entonó una canción tradicional de Año Nuevo cuya letra poética sustituyó por palabras procaces, y Haru vio a Paul reír y beber mucho sin llegar a emborracharse.

A las once, Jacques Melland llamó a la puerta del Kamo-gawa, y Sayoko, que ya se iba, le abrió. Se llevó una mano al corazón; ya no me impresiona, le dijo este en francés, es usted una aliada, ahora ya lo sé. Ella se marchó. Cuando Haru lo vio, salió a su encuentro y se retiraron a un rincón de la habitación donde se pusieron a hablar en inglés.

—Anteayer, en el bar, vi que no me oía bien —dijo Melland—, así que se lo repito ahora con tranquilidad: esta es probablemente mi última estancia en Kioto.

—No me sorprende —dijo Haru—, había reparado en su cansancio.

—Ojalá solo fuera cansancio —dijo Melland—. Sea como fuere, quería verlo para decirle una cosa que ya sabe, pero, a las puertas de la muerte, uno tiene coqueterías inesperadas, no sé por qué se me suelta así la lengua, cuando siempre he odiado las sensiblerías.

—Ama el arte y ama a su hijo —dijo Haru—, eso no es sensiblería.

—Ni siquiera sé lo que amo —dijo Jacques Melland—, pero ¿a quién le importa eso ya? En cualquier caso, esto es lo que quería decirle: la vida solo me ofrecía una hora de fervor y la he vivido gracias a usted.

—En Shinnyo-dō —dijo Haru.

—En Shinnyo-dō —dijo Melland—, bajo los auspicios de un cielo en cuyo fondo se marchitaban jardines. Es asombroso que un lugar posea semejante poder, pero yo experimenté allí una alegría profunda en la que me sentía en sintonía total conmigo mismo. Y ¿sabe lo mejor de la historia? Siempre me he visto como un insatisfecho que moriría rumiando sus anhelos truncados. Pero, en el momento de abandonar este mundo, me digo maravillado: He vivido esa hora de fervor.

Se bebió del tirón una copa de sake.

—Entiéndame bien, no es un recuerdo que rememore con dicha, algo que me haya ayudado a vivir todas las demás horas. Llegó a ser mi carne, mis huesos, mi sangre, pasó a mí por completo. Soy ese breve y furioso fervor.

Pareció perplejo.

—Sé que esto parece absurdo.

—En absoluto —dijo Haru—, es lo que yo deseo para mí cuando me llegue la hora.

Melland tamborileó en la mesa con el índice.

—Antes de despedirme, quisiera pedirle un favor.

—Lo que usted mande —dijo Haru.

—Quisiera que velara por Édouard. Recíbalo, aconséjelo, tiene mucho que aprender de un hombre como usted. No es un joven muy equilibrado, pero tiene madera, ya lo verá.

—Por supuesto —dijo Haru—, puede contar conmigo.

Melland se reclinó en el respaldo del sofá como quien se relaja tras una larga jornada. El tiempo no es nada, pensó Haru, solo quedan los instantes extraordinarios, todo lo demás se ha desvanecido, y henos aquí, contemplando los pilares que emergen de la niebla.

—¿Conserva mi pequeña escultura? —le preguntó Jacques a Haru, aludiendo a la reproducción de una diosa primitiva que le había regalado veinte años atrás, en agradecimiento por unos versos de Rilke.

—Naturalmente —dijo Haru—, es una reproducción del Louvre, ¿no es así?

—El original, encontrado en Lespugue, Haute-Garonne, tiene más de veinte mil años y se asemeja a algunas de sus estatuillas dogū —dijo Jacques—.

Sé que no le interesa mucho el arte occidental, pero esas obras son la raíz primigenia del arte, no tienen nacionalidad, no pertenecen a ningún territorio. Después, todo se ramifica y cada cual gusta de reconocer a su prole, pero esta evidencia de que todo viene de la misma matriz original, del deseo universal de dar forma a una materia, siempre me ha emocionado.

Soltó una risita desengañada.

—Al contrario que usted, no tengo mucha inclinación por mi propia cultura, estoy totalmente entregado a la suya.

—A mí me falta imaginación o audacia —contestó Haru—, lo admiro por ser capaz de apreciar aquello que no le es familiar.

El francés se reunió con los demás invitados, bebió mucho, se rio otro tanto, se puso una camelia en el ojal y se despidió poco después de medianoche, agitando la mano como si fuera a volver al día siguiente. Haru lo siguió con la mirada y, posándola luego en Paul, se dijo de pronto: Soy japonés, pero busco lo extraño; o quizá sea al contrario, solo salgo de mí mismo para volver sin tregua, estoy condenado a recorrer sin descanso el mismo trayecto circular. Fue a sentarse al lado del joven y de Keisuke, que charlaban apoyados en la jaula del arce.

—Los belgas son menos tontos de lo que creía —dijo el alfarero señalando a Paul—. Habla bien, bebe bien y ve bien, y todo eso con solo veintidós años.

Frente a Haru, la blancura exquisita de las camelias se mezcló con el viento de tristeza y dulzura que soplaba dentro de él.

—¿De qué hablaban? —le preguntó a Paul.

—De su jarrón —contestó el joven—. No sabía que se pudiera ser moderno y antiguo a la vez. Uno solo puede comprenderlo realmente en presencia de una obra verdadera.

Keisuke masculló algo, inclinó la cabeza hacia un lado y se puso a roncar.

—Es usted todo aquello que me gustaría llegar a ser —le dijo Paul a Haru.

Lo dijo tranquilamente, sin exaltación, pero Haru había tomado una decisión.

—Entonces trabaje para mí —le dijo.

Dos meses más tarde, Haru recibió una carta de Édouard Melland. Mi padre ha muerto, le escribía, pero, justo antes de irse, me pidió que le dijera una cosa que le transcribo aquí tal cual: Comprendo al zorro. Haru meditó ese regreso de la historia de Heian a su vida en el momento en que esta tomaba un cariz nuevo por la presencia de Paul y Clara. De hecho, cada vez que en su carrera había aunado sinceridad y cálculo, la ecuación había sido un éxito. Apreciaba a Paul, era belga, protestante, hablaba japonés, le gustaba el arte y sabía beber y callar: tenía que poder hacer de él un marchante. Por si fuera poco, era joven, y Haru lo presentía hábil pero sin doblez, de modo que, en todos los aspectos, la apuesta le parecía razonable.

—¿Qué tengo que saber? —le preguntó Paul la noche del cumpleaños.

—Tres cosas —contestó Haru—. Cultivar el silencio. No precipitarse nunca en nada.

Calló. Paul aguardó y luego sonrió.

—Y ser puntual, supongo.

Haru lo llevó consigo a todas partes y lo presentó como su asistente. Cuando le preguntaban, como quien no quiere la cosa, por qué había elegido a un belga, sonreía y decía: Es un país pequeño. La gente asentía con la cabeza sin comprender del todo, pero Haru veía que su respuesta inspiraba confianza. Si percibía alguna reticencia, añadía: Una islita en Europa, y vencía todo recelo. En realidad, Bélgica le aportaba a su negocio un toque exótico en el momento en que sentía que, para durar, tenía que renovarse. Paul Delvaux hablaba despacio, aprendía deprisa, y era obvio que le gustaba el arte del comercio. Observaba, no intervenía nunca, aprendía a sonreír, a inclinarse y a bajar la mirada al ritmo adecuado. Una vez superada la extrañeza inicial, los japoneses apreciaban su discreción y encontraban muy elegante lo que de primeras les había chocado. Que un occidental fuera tan poco voluble y no hablara de sí mismo constituía una anomalía positiva que anulaba el potencial negativo de la primera. Y Paul seguía callando y bebiendo con tacto.

Pero cuando Haru y él estaban a solas, en el almacén o en la casa del Kamo-gawa, hablaban. Hablaban de las obras, de los clientes, de los precios y de los mercados, después de lo cual, de cosas muy distintas como el arte y la vida y, con una naturalidad sorprendente, de sí mismos. A este ejercicio que Haru ya practicaba con Keisuke y con Tomoo, Paul añadía una ventana a un mundo nuevo que lo relajaba. Este no adquiría la forma de confidencias ni de monólogos, hablaban sin orden ni concierto, y esos momentos eran para cada cual un regalo que le hacían al otro tanto como a sí mismos. Eran conscientes, por otra parte, de que si ello era posible era solo porque eran extraños y esa extrañeza anulaba la relación jerárquica a la que los obligaban la edad y el cargo. En el trabajo empleaban los pronombres adecuados y no dejaban ver que en privado se tuteaban. El 20 de octubre de 1999, día del vigésimo cumpleaños de Rose, Haru llevó a Paul a su despacho. El joven descubrió primero la vista sobre el río y las montañas y, dándose la vuelta, las fotografías fijadas sobre los paneles de ciprés. Se acercó y las examinó en silencio. Haru encendió un cigarrillo y sirvió el sake, Paul fue a sentarse frente a él y bebieron en silencio.

—Tu hija —dijo por fin Paul.

—Hoy cumple veinte años —dijo Haru.

—¿Nadie lo sabe? —preguntó Paul.

—Solo Sayoko.

—¿Nadie más?

—Nadie más.

Haru se lo contó todo: Maud, la prohibición, la investigación, el fotógrafo, Paule, el cambio radical, los gatos y las sombras. Le contó los diez días con la francesa, le habló de Emmanuelle Revers, repitió sus palabras finales. Le expresó su orgullo de padre, su desolación de padre, su cruz y su esperanza de padre, su terror tras el suicidio de William y el terremoto de Kōbe.

—Comprendo mejor la dureza de Beth —dijo Paul.

Haru estaba agotado, pero sentía que lo embargaba una euforia extraña.

—Hace años que espero esto —dijo—. ¿Puedes llevar esta carga?

—¿Esta carga? —repitió Paul.

Se rio.

—Pero si es un regalo —dijo.

Comenzó así una época feliz. Lo que Haru no había podido hacer con Emmanuelle Revers se había hecho posible con un hombre, pues también Paul, en la estela de Clara, se guiaba por la vía de las mujeres. Con cada encuentro, Haru apreciaba un poco más a la joven belga, de humor siempre jovial, delicada pero sencilla, divertida con un exquisito toque travieso. Le ofrecía a Paul una vida fácil y luminosa, valoraba la vida del espíritu, lidiaba con el día a día con pragmatismo y, algo que Haru encontraba más hermoso todavía, se ocupaba de todo sin querer controlar nada. Poco tiempo después de la revelación de la existencia de Rose, Haru le dijo a Paul: Puedes contárselo a Clara, a lo que Paul respondió que no tenía más secretos con su mujer que los de los demás, y añadió riendo:

Pero, según ella, soy la persona más reservada que conoce. Lo era. No ocultaba nada, pero estaba habitado por una complejidad tan densa que le enmascaraba, a él como a los demás, algunos aspectos de su propia interioridad. No le hablaba solo de su familia —en la que se asfixiaba—, de sus estudios de japonés —iniciados para seguir a Clara—, de su llegada a Japón —país en el que se había sentido anclado enseguida—, sino también de sus gustos, sus reflexiones, sus dudas y las preguntas que se hacía. Y, cada trimestre, examinaban juntos los informes y las fotografías de Francia, y Paul arrojaba una luz desconocida para Haru. A los kamis y los yōkais de Sayoko, así como a sus propias intuiciones, venían a añadirse pistas occidentales que tendían puentes entre la depresión de Maud y el lenguaje de los zorros de montaña.

Casi dos años después de conocerse, Haru llevó a Paul a Takayama. Era octubre, Rose pronto cumpliría veintiún años, hacía buen tiempo y el vagón se deslizaba entre vertientes rojizas y picos inmaculados. Sus padres y su hermano habían ido a un entierro, la casa de la orilla estaba desierta y, en mitad del torrente, la gran piedra coronada por su musgo otoñal parecía hendir en dos las aguas turbulentas. Haru le contó a Paul que había crecido viendo caer y fundirse la nieve sobre esa piedra, y que su vocación había nacido de la roca, los árboles, las cascadas y el hielo. Contemplaron los remolinos, Paul se arrodilló y tocó con la palma de la mano la tierra de las riberas sobre las que habían caído hojas de arce color carmín.

—La forma es la belleza de la superficie —dijo incorporándose—, sin duda es lo que tanto me gusta de aquí, Japón me salva de mis profundidades.

En el tren de vuelta, mientras Paul dormía, Haru meditó sus palabras a la vez que le venían otras a la memoria inesperadamente: *Por desgracia, el seísmo se ha producido a poca profundidad y no ha dado tiempo a que las ondas se atenúen*. Es exactamente eso, pensó, así tal cual es el alma japonesa, por nuestra tierra y nuestro destino estamos condenados a permanecer cerca de la superficie y, aislados de nuestra profundidad interior, los desastres y los cataclismos nos alcanzan de lleno. Después, una vez sembrada la desolación, transformamos la pesadilla en belleza y contemplamos marchitarse el fondo del cielo. En ese momento se acordó de su padre y pensó: Ni en la salud ni en la enfermedad, nunca hemos sido íntimos, nos hemos quedado en la superficie y todo en mi vida ha sido esculpido por esa profundidad imposible.

Paul no comentaba nunca las decisiones de Haru. En el trabajo y en lo relativo a Rose, escuchaba y a veces hacía alguna pregunta al final. Como marchante, lo había entendido todo; la manera, el estilo, los obstáculos y los ardides: era excepcional. Una noche que estaban con Tomoo y Keisuke en un bar, mirando a Paul y luego a Haru, el alfarero dijo:

—El mismo modelo.

Al ver que el joven enarcaba una ceja interrogativa, añadió:

—Tú también eres un cabrón, a tu manera más delicada, menos brutal, y además eres belga, no se te ve venir. Si hubieras sido francés, habría sido más legible, los franceses son muy previsibles. Pero tú también exprimirás el arte como un limón antes de arrojarlo a la fosa de tus ambiciones frustradas.

—¿Qué ambiciones? —preguntó Paul.

—Eso mismo te pregunto yo —dijo Keisuke—, pero te salva tu mujer, por suerte.

—¿Y a mí qué me salva? —preguntó Haru.

—Algo —dijo Keisuke—, pero me lo ocultas.

Cuando estuvieron a solas, Paul le preguntó a Haru por qué nunca le había hablado de Rose al alfarero.

—Ha perdido dos hijos —contestó Haru—, ¿cómo voy a contarle yo mis fracasos como padre?

—Es un amigo.

—Tenemos una relación distinta con cada amigo —dijo Haru—, no me pidas que te lo explique, la explicación es una enfermedad occidental.

Celebraron el paso al año 2000 en Shinnyo-dō, donde se congregó toda Kioto, incluso Beth, a quien no le gustaban las fiestas. Esa noche, Tomoo les presentó a Akira, un antiguo bailarín de butō de su edad —unos sesenta años— que acababa de mudarse con él al velero. Habían transcurrido quince años desde la muerte de Isao, y Keisuke le apoyó la mano en el hombro a su viejo amigo en un gesto fraternal. Akira, que había sido un gran bailarín, parecía un ancianito dulce y sonriente, pero cuando se levantó para hacer una parodia de kabuki, todos sintieron la fuerza que emanaba de ese cuerpo largo tiempo acostumbrado a sondear las oscuridades. La parodia en sí era desternillante, y Haru disfrutó observando a Clara y a Paul reír a mandíbula batiente. Hubo otras diversiones —piano, canciones tradicionales y subidas de tono— y, hacia medianoche, un intérprete de shakuhachi equilibró el duelo entre alegría y seriedad, que era la seña de identidad del velero, derramando sobre los presentes las notas trémulas y melancólicas de su instrumento. A medida que se iban marchando los invitados menos íntimos, la velada se fue sumiendo en una bruma de sake y de amistad en la que Haru, sentado con la espalda apoyada en la pared, se dejó ir a la deriva. Charlaron, bebieron y brindaron por la casita que habían comprado Paul y Clara cerca de Kamigamo. ¿De modo que se instalan definitivamente entre nosotros?, preguntó Beth. Paul trabaja para Haru, yo tengo mi excedencia, hemos cumplido con creces nuestro sueño, contestó Clara, y añadió: Vista desde aquí, Bélgica es más aburrida que nunca. Sin embargo, es un país pequeño, dijo Paul, y todos, que conocían las bromas de Haru, se rieron con ganas. A las cuatro de la madrugada, Beth y Clara se marcharon, Akira fue a acostarse y ya solo quedaron bebiendo Paul, Tomoo, Keisuke y Haru; el último cuarteto, pensó el marchante, al final todo se resume siempre a un último cuadrado que conjura las oscuridades. Cuando los demás se quedaron dormidos sobre los tatamis, fue a pie en compañía de Paul hasta la casa del Kamo-gawa. Allí siguieron charlando y bebiendo, hasta que el joven se levantó y fue a examinar las últimas fotografías de Francia fijadas al panel de madera. Convertida en ingeniera agrónoma, Rose investigaba sobre geobotánica en Francia. Pasaban los años y seguía fiel a sí misma, aguda y austera, sombría y siempre enfadada. Tenía muchos amantes de los que se libraba diligentemente, Haru la encontraba hermosa y singular, íntegra y desesperada, pero veía que la rabia en ella iba dejando paso poco a poco a la indiferencia. Cuando despuntaba el alba, se lo dijo a Paul, que se quedó pensativo; la tristeza va ganando terreno, dijo al fin. La noche moría, el arce oscilaba ligeramente, la remanencia de las notas de shakuhachi lo envolvía en una seda invisible, dulce y grave. Cuando Paul se marchó, Haru contempló su río, sobre el que danzaban minúsculos copos de nieve. Todo en su vida le parecía inmóvil, las estaciones se sucedían, Kioto cambiaba y era la misma, sin edad y nueva como el agua viva, los Delvaux habían roto el ciclo de las maldiciones, pero nada ni nadie parecían poder romper el de las prohibiciones. Se disponía a ir a tomar un baño cuando apareció Sayoko, con un kimono estampado de montañas nevadas y el rostro insólitamente animado. Dejó sobre la mesa baja del arce una bandejita con mochis frescos, fue a preparar el té y se sentó frente a Haru.

—Se llama Sora —dijo—, ha nacido en el primer minuto del 1 de enero del año 2000.

—Ya es abuela —la felicitó Haru—, me alegro por usted.

Bebieron el té en silencio, con la complicidad de quienes se conocen desde hace veinte años. Una recién nacida en Año Nuevo, ¿puede haber mejor augurio?, se preguntó Haru y, de pronto, pensando que su hija tal vez tendría hijos algún día, sintió un vértigo que lo hizo olvidarse de Sayoko. ¿Perdón?, preguntó al darse cuenta de que le estaba hablando.

—¿No le gustaría tener un chófer? —dijo ella.

—¿Un chófer? —repitió él sin comprender.

—Un chófer —reiteró ella, y Haru supo que toda resistencia era vana.

Al día siguiente, Sayoko le presentó el chófer que solo ella había presentido. Masa Kanto, a quien todo el mundo llamaba Kanto, era el hijo tardío de su tercera hermana, considerado ligeramente deficiente —es solo un poco autista, diría Paul—, pero se le daba bien la informática y trabajaba en su casa, en Tokio, al capricho de las tareas que le encomendaban y al ritmo que más le convenía. Sayoko le había encontrado un pequeño apartamento con garaje cerca de Hyakumanben, a cinco minutos de la casa del Kamo-gawa; Haru no tenía más que llamarlo, él vendría y se volvería a sus ordenadores en cuanto terminara la conducción. A decir verdad, el marchante se alegraba de poder prescindir de los taxis, siempre tan agobiantes, con sus conversaciones trilladas y ese olor a bentō viejo, y se demostró que Kanto conducía bien, sabía callar y conversar y siempre estaba contento con su vida. Le gustaba el trabajo en sí y la ausencia de horario; si no, me tiraría todo el día en mi casa comiendo porquerías de konbini, decía. Además, le encantaba Kioto y, poco a poco, Haru lo fue llevando a los templos, a los jardines, a los cafés y, a veces, a los restaurantes. Un día le preguntó qué era lo que más le había gustado del Pabellón de Plata, y Kanto respondió: Los estanques. ¿Por qué?, quiso saber Haru. Son *precisos*, respondió, y Keisuke, que estaba en el coche, se rio y dijo: Eso es lo que me ha faltado en mi último dibujo. En cuanto a Haru, que estaba distraído, sintió que algo había cambiado. La brusca comprensión de que los linajes proseguían en el futuro como los había visto perpetuarse en el pasado de sus antepasados transformaba el tiempo. Miraba a Kanto, escuchaba a Sayoko hablarle de su nieta y pensaba: Nado en una corriente invisible y perpetua en la que se encuentra también mi hija, cada cual por toda la eternidad en un lugar preciso que es vano esperar que cambie.

Cada año, Édouard Melland, el último descendiente de otro linaje, pasaba en Kioto una larga estancia al final de la primavera y del otoño. Hablaba bien el japonés y decía no vivir el resto del año más que para esos días en Kioto. Un día que se encontraba en casa de Haru, donde también estaba Beth, explicó que sus estancias en China eran el infierno que justificaba Kioto, y Haru reparó en que ella lo miraba con atención. Algo más tarde, el francés contó que, nueve años antes, su padre había pedido que pusieran camelias blancas en su féretro. No sé por qué no se lo he dicho antes, le dijo a Haru, pero me obsesionaba la tarea de transmitirle las palabras del zorro, y, tras un silencio: Después me dio miedo volver a hablarle de ello. En respuesta, Haru le contó la historia del zorro y de la dama de Heian; esta historia tiene mucha fuerza, pero ignoro por qué, dijo y, pensando en Emmanuelle Revers, añadió: La amiga que conocía la clave falleció también. Édouard se marchó, y Haru tuvo la impresión de que algo, en alguna parte, había *mutado*. No volvió a pensar en ello y se fue a cenar con Tomoo, Akira y Paul a Kitsune, una yakitori-ya abierta hacía poco a dos pasos del velero. Se acercaba el monzón, hacía fresco, una ligera llovizna oscurecía las montañas del Este. El restaurante, regentado por un antiguo miembro de Kyōdai, acogía a estudiantes o vecinos del barrio que ni conocían a Haru ni les interesaba hacerlo. El lugar parecía un desván de infancia en el que, entre los carteles de manga, los rótulos publicitarios de metal oxidado y las figuritas de superhéroes, hubieran alineado botellas de sake a modo de parapeto contra el humo de las parrilladas. Las paredes estaban pintadas de negro, un puñado de lámparas colgadas del techo iluminaban tenuemente la sala, con sus mesas de madera oscura, sus cajas de cerveza en la escalera y su teléfono de dial en el mostrador. Sobre todo, servían allí unas brochetas perfumadas que se deshacían en la boca y, según Keisuke, la mejor ensalada de pollo de la ciudad. Paul había avisado de que se retrasaría un poco, por lo que Haru, Tomoo y Akira pidieron cerveza helada y edamames para hacer tiempo hasta que llegara. En el ambiente incierto, misterioso y fresco del tiempo previo al monzón, a Haru le parecía delicioso el inicio de la velada, hasta que, hacia las ocho, Sayoko lo llamó para un detalle de intendencia y, justo antes de colgar, le dijo: Esta noche hay una atmósfera extraña. Como siempre, pensó en Francia y en Rose, pero entonces llegó Paul, pidió una botella de sake y les dijo: Tengo algo que anunciaros, y, una vez servido el sake: Clara está embarazada, nuestra hija nacerá en enero. ¿Cómo sabes que es una niña?, preguntó Tomoo. Lo sé y punto, contestó Paul, y miró a Haru. De padre a padre, pensó el marchante y, hallándose en equilibrio sobre una cresta estrecha trazada entre la alegría y el dolor, alzó la copa diciendo: Le envidio a esta niña los mejores padres del mundo. Sintió que lo embargaba un profundo bienestar. Estaba contento por Paul y aliviado de que la premonición de Sayoko no tuviera que ver con Rose. Veía abrirse una brecha en el porvenir, estaba emocionado de ser testigo y amigo y sentía curiosidad por la niña anunciada; él también estaba seguro de que sería niña. Curiosamente, la llegada próxima a Kioto de esa pequeña extranjera conjuraba la aprensión que sentía al pensar en la suya en París. Regresó a la casa del Kamo-gawa, se dio un baño y se durmió, arrullado por un sentimiento de plenitud y excitación. A la mañana siguiente encontró a Sayoko en la sala del arce con su expresión adusta de los días malos.

—Clara está embarazada —le dijo Haru.

Ella arrugó la frente.

—¿Será niña? —preguntó.

Él asintió con un gesto. Ella resopló.

—¿Qué ocurre? —preguntó Haru.

—No lo sé.

Trabajó toda la mañana en su despacho, envuelto en el sentimiento de plenitud de la noche y, cuando Paul lo llamó antes de marcharse a Tokio, le reiteró: Me alegro por vosotros. Clara también, contestó Paul riendo, se alegra por los dos, aunque le toque a ella hacer todo el trabajo. Era el 20 de junio, hacía frío, Haru colgó y empezó a llover como en el diluvio. Se estremeció, su humor cambió y recordó lo que le había dicho Édouard el día anterior sobre las camelias blancas en el féretro de su padre. Se imaginó a Jacques Melland pálido e inmóvil, con una chalina en el cuello y brazadas de flores frescas sobre el pecho, en la quietud de la blancura postrera. Era un viajero venido desde la otra punta del mundo a buscar la materia de su última morada, pensó; pero yo nunca he abandonado mi archipiélago, pese a que la razón de mi corazón se encuentre también al otro lado de la noche. Cansado de sus propios cambios de humor, quiso levantarse, pero Sayoko entró en la habitación con aire preocupado, y en ese preciso instante sonó su móvil. Atendió la llamada delante de ella y oyó la voz de Akira decirle: Tomoo acaba de morir.

Al velatorio acudieron los íntimos de Tomoo. Ya no era frecuente que se hiciera en las casas, pero pese a todo se celebró en el velero de Shinnyodō, y ofició Hiroshi, el hermano de Keisuke. Los padres y la hermana de Tomoo habían fallecido ya, por lo que pocos familiares se unieron a la ceremonia. Sentado junto al piano y al cuerpo de su amigo, Haru se sentía aplastado, preñado de tristeza y soledad, y Keisuke, resumiéndolo todo, dijo: Y cae en las noches la pesada tierra / desde los astros a la soledad. En el silencio terrible de la habitación, frente a la fotografía de Kazuo Ōno, Haru no se imaginaba que pudieran beber y hablar como lo habían hecho al velar a Isao. Pensaba: Nos creemos más fuertes, pero la muerte nos habita. Fuera llovía con intensidad. Sentía dolor, pero no podía llorar. Sondeaba sus oscuridades.

A las exequias acudió media ciudad y todo el mundo le dio el pésame a Akira. Al final, este tomó la palabra, dio las gracias a los presentes y dijo brevemente, en el silencio helado de la funeraria: No ha sufrido, no ha sentido llegar la muerte, ha expirado en el sillón donde expiró su primer gran amor. Yo fui el segundo. No habrá más. Había mucha gente de la televisión nacional, venida de Tokio, de Osaka y hasta de Sapporo, donde, según la costumbre de la NHK, Tomoo había trabajado sucesivamente, irradiando siempre desde su base, desde el velero, sobre el que Keisuke dijo: No podemos ir a Shinnyo-dō sin nuestro Tochan. Convinieron reunirse en casa de Haru. Bebieron de manera atroz, incapaces de hablar o de reír, y se quedaron dormidos desperdigados por la habitación. Paul se marchó solo en la noche, y Haru fue a darse un baño solitario. En el agua, lo inundó la tristeza y, con ella, una nueva constatación: No ha sentido llegar la muerte y nosotros no hemos sentido llegar la vejez, pensó, dentro de poco seré un anciano para mi hija. Sae, Yōko, Ryū, Tarō, William e Isao habían muerto jóvenes, mientras que sus ancianos padres, en Takayama, seguían vivos. Jacques Melland, diez años mayor que él, podría haber sido el primer aviso, pero era un extranjero y había desaparecido fuera de la vida diaria de Haru. La muerte de Tomoo, por el contrario, transformaba radicalmente esa vida diaria, cambiaba el número de hombres, el equilibrio de los lugares, la textura del tiempo y, por primera vez en su vida, Haru pensaba en su edad.

Se reunieron en Shinnyo-dō un día de la semana siguiente para enterrar las cenizas de su amigo. Él no habría soportado que yo cenara solo hablándole a una urna, le dijo Akira a Keisuke para justificar no respetar los cuarenta y nueve días de rigor. Hay que darse prisa con los cadáveres para no tener más que la muerte que meditar, le contestó el alfarero. La mañana del 28 de junio, Akira, Keisuke y Haru se encaminaron al cementerio. La casa desierta de Tochan tenía aires de mausoleo, no permanecieron mucho tiempo allí, y Haru supo que nunca volvería. Llovía apenas, el desgarro de tener que decir adiós a treinta años de amistad se adornaba de trémulas gotitas, avanzaban por un camino de desolación, frío y enfangado, abrumado de recuerdos. Ante la tumba se quedaron mudos, vacíos y tontos; luego se encaminaron a Kurodani y llegaron a lo alto de la gran escalinata. A sus pies, extendida como una colada de lava de hormigón entre sus montañas, la ciudad zumbaba con indiferencia. Mientras la contemplaban con mirada apagada, Keisuke dijo: Esta vez no nos salvará el sake, pero Kioto sí lo hará, y sintieron difundirse en ellos el poder bienhechor de la ciudad. La semana siguiente, Haru volvió con Paul para su paseo semanal por Shinnyo-dō. Al pie de la escalinata, se detuvo allí donde se había enterado por Melland de la existencia de su hija, pensó que allí yacerían sus propias cenizas y, vinculando así su destino al de Tomoo, haciendo vecinas sus tumbas y cómplices sus muertes, se sintió en paz. Cenaron en la yakitori-ya de la última vez y Haru tuvo la férrea certeza de que Kitsune, enclave protegido de la infancia, preservaba los momentos felices.

A la mañana siguiente, al alba, Naoya llamó y le anunció que su padre —como Tomoo— había fallecido mientras dormía. Haru tomó el primer tren a Takayama, alquiló un coche en la estación, fue a dejar sus cosas en Kakurezato y se reunió con los suyos en la funeraria. A las exequias acudió una cantidad impresionante de licoreros, de comerciantes y de amigos, pero también hombres y mujeres a los que Haru no conocía. Todos lo saludaron como se saluda a un hombre del lugar y a un hombre que ha alcanzado el éxito, y se supo admirado a la vez que excluido de esa asamblea benévola. Su madre mostraba la discreción y la melancolía que siempre le había conocido y que el duelo acrecentaba. En un momento de la ceremonia, lloró sin ruido, con los hombros sacudidos de sobresaltos. La mujer de Naoya le puso una mano en el brazo, y ella siguió llorando en silencio. A Haru le volvió a la memoria un recuerdo de su estancia en las montañas, cuando se había enterado de la enfermedad de su padre. En su mente ensombrecida, el sabor de las setas se teñía de oscuridad y de temblores, pero cuando había querido huir de esa escena habitada por fantasmas, las estrellas, guiándolo en la vía de sus antepasados, se lo habían impedido.

Hoy que era padre y, quizá algún día, abuelo, imaginando el antepasado que sería a su vez, veía su vida inscribirse en la totalidad del tiempo en el que se repetía sin cesar —entre sus padres y él, entre él y su hija y, pronto, entre su hija y sus propios hijos— la misma escena de silencio y soledad.

Se quedó tres días en Kakurezato, en los que se dedicó a su madre, volvió a ver a sus primos y a antiguos compañeros de colegio, habló de la fábrica con Naoya y paseó por la montaña pensando en Tomoo. La mañana del cuarto día se dirigió a la estación, serpenteando por el valle entre los arrozales inundados, las casas modestas, los cobertizos y los pequeños santuarios perdidos de lluvia. La abundante vegetación, los huertos exuberantes, las piedras blancas que desvelaban las aguas bajas del principio del verano le daban a su periplo un sabor más intenso a candor y a infancia. Levantó el pie del acelerador y se acompasó a un ritmo que por fin le trajo la paz. Dejó atrás el santuario familiar, bajó la ventanilla, el aire húmedo y caliente le barrió el rostro y se abandonó al abrazo de sus montañas. Al cabo de un rato, conduciendo por terreno conocido, algo cambió y se sintió *en otra parte*. El escenario familiar se desvaneció, inscribiéndose en el marco más amplio, impalpable pero presente, de un mundo nuevo. En ese paisaje sin horizonte se adentró en sí mismo, descubrió allí un territorio inmenso y pensó: De modo que otro lugar es aquí mismo.

El 10 de enero de 2009, diez días antes de su sesenta cumpleaños, nació la hija de Paul y Clara. Haru fue a la maternidad a conocer a la recién nacida, que se llamaba Anna Rose Yōko; Rose por mi abuela, Yōko por Keisuke y Anna por una vida novelesca, precisó Clara. Paul no dijo nada, pero sonrió. La potencia de vida que emanaba de la criatura fascinaba a Haru. En la otra punta del mundo, también su hija vivía, y recibía el eco de esa vida con una fuerza y una tristeza intensas. Unos días más tarde, Beth fue a Kamigamo y les llevó unos bonitos regalos. En el vestíbulo estrechó la mano de Paul y le dijo con cariño sincero: Clara y Anna lo abocan a la felicidad. La noche de su sesenta cumpleaños, Haru organizó una gran recepción enfocada en sus negocios, en la que Paul, aunque ojeroso, desempeñó impecablemente su papel. Desde el principio quedó claro que Anna sería morena y grácil como su madre, y el joven belga le comentó a Haru que ambos eran padres de una hija que no se les parecía. Sayoko estaba loca con la niña, cuando su padre la llevaba a la casa del Kamo-gawa, se divertía con ella, pero sin dejar de observarla a su manera, vigilante y terca. Pese a todo, el año transcurrió sin ningún hecho reseñable y, al alba de 2010, aliviado, Haru pensó que se habían librado. El domingo 10 de enero, Paul vino deprisa y corriendo a dejar unos papeles y se fue con su familia al Kokedera para el primer cumpleaños de Anna. A su regreso, dijo: Es la estación de las brumas, todo es sublime, y Haru reservó una visita para la semana siguiente. Hacía una eternidad que no había ido al templo de los musgos, y la mañana del 17 de enero Kanto lo llevó a Arashiyama, al oeste de la ciudad. Charlaron durante el trayecto y Haru descubrió, sorprendido y divertido a la vez, que a Kanto le gustaba el nō.

—Creía que a las jóvenes generaciones *high-tech* no les interesaba —dijo—, a esas funciones van sobre todo viejos como yo.

—Me encantaría ir al espectáculo de Takigi-Nō en junio —le dijo Kanto.

Era un festival anual que se celebraba al aire libre, en el inmenso patio del santuario de Heian, y en el que actuaban las compañías de los dos teatros nō de la ciudad. Al anochecer encendían grandes antorchas. Haru no había ido nunca.

—¿Qué es lo que le gusta del nō? —le preguntó.

—La verdad —contestó Kanto.

Llegaron justo a tiempo a la entrada del Kokedera y la puerta se abrió para los visitantes, un puñado de jubilados armados con cámaras fotográficas gigantes a los que Haru saludó cortésmente. Siguieron todos al monje hasta una gran sala, donde les hicieron sentarse en los tatamis, para después proceder al ritual del sutra del corazón —canto y escritura—, antes de repartir unas finas láminas de madera en las que les pidieron que escribieran un deseo. Haru, que no había ido allí para eso, se la metió en el bolsillo, preguntándose qué pensaría Rose de ese rito que a él normalmente le gustaba, y el germen de una idea empezó a anidar en su cabeza. Por fin los liberaron y pudieron salir. Una vez fuera, los llevaron al otro lado de la tapia interior para dejarlos al fin en el bosque contiguo al templo. En el suelo, un musgo tupido, aterciopelado y casi fosforescente, cubría las raíces y las piedras. Más lejos, un claro albergaba un estanque del que se elevaba la bruma ligera del invierno. Alrededor, las ramas negras de enero caligrafiaban un poema secreto. Haru se adentró por el sotobosque y deambuló bajo esquirlas de sol pálido. Se detuvo y alzó los ojos hacia las frondas de los cipreses y de los arces desnudos. Están inmóviles pero engendran vida, pensó, mientras que nosotros arrancamos nuestras raíces para escapar de nuestra sombra. Y, en la línea de lo que había comprendido al abandonar sus montañas tras la muerte de su padre: Otra parte es aquí mismo, en la transformación.

Puso fin a su paseo y abandonó el lugar con renuencia. La tierra del Kokedera hacía más leves los duelos, purificaba el amor, esparcía un polvillo brillante sobre la urdimbre de la vida; es una tierra mágica, se dijo, una tierra de metamorfosis. Pensó en Anna y en Rose, imaginó que se conocerían algún día y, por primera vez en mucho tiempo, se sintió profundamente feliz.

Al día siguiente, le contó a Paul su visita al templo y su esperanza. La semana anterior, Anna se reía a carcajadas, dijo el joven, irán juntas cuando nosotros seamos demasiado viejos para andar. Dedicaron el resto de la mañana al trabajo. Hacia mediodía, mientras tomaban café delante de la jaula del arce, Paul recibió una llamada de Clara. Cuando colgó, parecía preocupado. ¿Qué ocurre?, preguntó Haru. No lo sé, pero algo no va bien, dijo Paul. ¿Anna?, preguntó Haru. No, contestó, y se marchó. Inquieto, Haru encendió un cigarrillo y la tarde transcurrió en una penosa incertidumbre. Sayoko tenía el día libre, Haru añoraba a su brújula de las maldiciones. A las ocho de la tarde, Paul llamó. Clara tiene cáncer, dijo, es cuanto sabemos por ahora, esta semana le harán más pruebas. Estoy contigo, le aseguró Haru. Unos días más tarde, Paul le dijo: Es un cáncer de gestación, afecta a mujeres jóvenes con hijos pequeños, es muy agresivo. Estoy contigo, repitió Haru, pero sabía que sus amigos estaban solos. Tiró de contactos para encontrar los mejores médicos y cuidados, pero era incapaz de romper la soledad en la que la enfermedad encerraba a Paul y Clara. Los primeros meses de tratamiento agotaron a la joven. Amarga profetisa, Sayoko se transformaba en hada cuando se ocupaba de Anna. Paul seguía trabajando, y Haru, que sabía que la crueldad de las maldiciones dictaría su calendario natural, no le propuso cesar la actividad. Celebraron con Beth y Keisuke el segundo cumpleaños de Anna en la habitación en la que la joven madre, tendida en la cama, flaca y exhausta, sonreía a todo el mundo. Al final del mes de febrero, Paul le dijo a Haru que había pocas esperanzas, y Laura, la hermana de Clara, llegó de Bélgica para instalarse en su casa. Por las noches, una vez dormidas su mujer y su hija, Paul las dejaba a su cuidado y se iba a la casa del Kamogawa. Entraba en el pequeño jardín, dejaba su bicicleta apoyada en la pared y se reunía con Haru en su despacho. Allí bebían sake y charlaban en la noche. A las puertas del desastre, todo lo que separaba a los hombres se desvanecía, y Haru se preguntaba si alguna vez había tenido una intimidad así con nadie. Paul no era el único en hablar, dialogaban, se escuchaban el uno al otro, se contaban su vida, se preocupaban por Clara y por Anna y, a partir de un momento, por el porvenir de la niña sin su madre. Paul no se quejaba, no eludía nada: Si no estuviera Anna, me mataría cuando Clara muera, dijo una noche, y, otra vez:

Sufre demasiado, esto no puede durar. Cuando Haru se lo contó a Beth, esta soltó una risita breve y seca que les hizo daño a ambos. El 10 de marzo, a primera hora de la tarde, mientras colocaba una rama de ciruelo en un jarrón, Sayoko se paró en seco y resopló con aire perplejo. Dos horas más tarde, Clara fue hospitalizada brevemente, pero Sayoko no pareció alarmarse; no es eso, pensó Haru, o al menos no todavía.

La mañana del 11 de marzo de 2011, Haru recibió a un cliente en su casa antes de salir a almorzar con Akira. Bebieron unas cervezas y hablaron de Tomoo con una ternura cómplice; somos huérfanos a nuestra edad, dijeron, y se rieron. Akira añadió: Si supieras cuánto lo he querido, y Haru pensó en Isao, en esos hombres dotados para el amor, con nostalgia y melancolía teñidas de ternura. Hacia las dos de la tarde se fue solo a Shinnyo-dō y empezó su paseo semanal, pero en lo alto de la gran escalinata de Kurodani lo sorprendió un repentino dolor de cabeza. Bajó los peldaños hasta el lugar donde había sabido de la existencia de Rose, y la migraña estalló, tan intensa que tuvo que agacharse de puro dolor. Al cabo de unos minutos se incorporó, terminó su paseo, se reunió con Kanto delante del gran pórtico rojo y le pidió que lo llevara al almacén, donde, movido por un curioso presentimiento, encendió el televisor. Eran las tres menos cuarto, el dolor de cabeza volvió, y al ver que la NHK retransmitía un aburrido debate en la Dieta Nacional, quiso apagar el aparato. Justo cuando alargaba el brazo, apareció sobreimpreso en la pantalla un anuncio de la Agencia Nacional de Meteorología, con un mapa y señales de alerta sísmica, mientras una voz masculina advertía de la inminencia de fuertes sacudidas y enumeraba las prefecturas afectadas: Miyagi, Iwate, Fukushima, Akita y Yamagata. Mientras los parlamentarios seguían hablando, la voz dijo: Queda poco tiempo hasta que empiece. La sede de la Dieta Nacional se puso a temblar, la imagen se cortó y un periodista retomó la transmisión desde los estudios. Mientras daba las consignas de seguridad, el estudio de Tokio se puso a temblar también, y el presentador no tardó en informar de un seísmo de una magnitud estimada de 7 a 5 según las zonas. A las tres menos diez, cinco minutos después de la primera, apareció en la pantalla una nueva alerta, esta vez de tsunami, en la costa nordeste de Tōhoku, en las zonas costeras de Hokkaidō, así como en las de Ibaraki, Chiba e Izu Shotō. Keisuke, que lo había llamado dos minutos antes diciendo: Nobu tenía que estar en Sendai, se reunió con él. Descubrieron las imágenes del terremoto en Tokio, Keisuke trató sin éxito de contactar con su hijo por teléfono —las líneas están saturadas, dijo Haru, seguro que está bien—, y después, poco antes de las cuatro de la tarde, la NHK transmitió en directo unas imágenes tomadas desde un helicóptero que sobrevolaba la desembocadura del río Natori, al norte del aeropuerto de Sendai. Las miraron en silencio, sin comprender lo que veían. Las informaciones se sucedían, innumerables, caóticas: magnitud de 7,1 en la escala de Richter, epicentro en el Pacífico a ciento treinta kilómetros al este de Sendai, algunos daños en la central de Fukushima Daiichi, magnitud elevada a 8, incendios en Miyagi, fuegos en una refinería en Ichihara, magnitud elevada a no se sabe cuánto, evacuación de los residentes a menos de tres kilómetros de la central..., y, sin cesar, irreales, imposibles, obscenas, las imágenes del tsunami penetrando en las tierras. Paul llegó al almacén a las seis, y a esa hora llamó Sayoko. Su hermana, que vivía en Kantō, al sur de Tokio, acababa de dar noticias: su familia se encontraba bien, esperaba que Haru también. Nobu estaba en Sendai por trabajo, le dijo este. Hubo un silencio. Es eso, dijo Sayoko con voz átona, y Haru sintió que se le retorcían las entrañas. Aquí los espero, añadió antes de colgar.

No había televisión en la casa del Kamo-gawa y, aliviados de no ver más las imágenes, escucharon la radio. Haru trató de hablar con conocidos suyos de Sendai y Natori, pero nadie contestó y Keisuke se tendió en el suelo de madera. Sayoko trajo té fuerte y cuencos con arroz humeante y, al ver que la fulminaba con la mirada, también sake. Paul se había sentado con la espalda apoyada en la jaula del arce, bebieron sin saber lo que hacían, Sayoko iba y venía, mascullando a ratos. Hacia medianoche, Paul se marchó, diciendo que volvería al amanecer. Sayoko avisó a Shigeru de que se quedaba en casa de Haru y empezó el velatorio, un velatorio sin muertos ni veredicto, sin cuerpos ni realidad, en la evidencia de la desgracia, en la desolación del destino, pues los tres adivinaban la suerte que había corrido Nobu. Pero la mañana del día siguiente transcurrió sin noticias, mientras se acumulaban los datos y los balances, cada vez más terribles. Poco antes de las cinco de la tarde, la NHK informó de que se había producido una explosión en Fukushima Daiichi y Keisuke soltó una risita.

—Y aquí viene el átomo, la fiesta está completa.

—Los sistemas de refrigeración están parados —dijo Paul—, se van a fundir los reactores.

Cuando el comentarista se hizo eco de un comunicado de prensa tranquilizador de Tepco, la compañía que explotaba la central, añadió:

—Los medios se tragan cualquier cosa.

—Y no enseñan cadáveres —dijo Keisuke—. ¿Sabes que también soy de Hiroshima? Mi padre es de Kioto, pero mi madre es de allí, adonde volvió para darnos a luz a nosotros. Nos esperó dos semanas junto a su madre y sus hermanas, Hiroshi y yo nacimos el 6 de julio de 1945, ella volvió aquí el 5 de agosto, el día anterior a la bomba. Murieron todos. Yo nunca he ido.

La radio se hizo eco de las imágenes de la central inundada, coronada por una nube de la explosión.

—Nada hay menos oculto que lo invisible —murmuró Keisuke—, la mentira, el átomo, están ahí, delante de nosotros, a plena luz.

A las siete de la tarde, Paul murmuró a su vez:

—Siento que estoy asistiendo a un derrumbe.

—Oh —dijo Keisuke—, lo reconstruiremos, si no todo, al menos parte. Pero no has conocido Kōbe antes de Hanshin-Awaji, era una ciudad joven, singular, casi excéntrica. Lo reconstruiremos todo, pero la inocencia se perderá para siempre.

A las ocho de la tarde sonó el teléfono de Keisuke, este se lo dio a Haru: era Yukio, el compañero biólogo con el que Nobu recogía muestras en la orilla de Shichigahama, a veinte kilómetros de Sendai. Los kamis o los dioses o quien fuera habían arrojado a uno a su céntrica habitación de hotel para escribir un informe, y al otro, a la playa para recoger muestras de arena. El tsunami llegó después, dijo Yukio, si se hubiera marchado inmediatamente estaría vivo. Intenté llamarlo, pero no había línea. Supongo que quiso recoger el material, fue andando hasta el coche, pero ya era demasiado tarde, fue arrastrado hasta aquí, donde acabo de encontrarlo; es un milagro, tantos otros no encontrarán a los suyos... Se echó a llorar. Haru colgó, Sayoko se arrodilló y bajó la cabeza, Paul cruzó las manos detrás de la nuca, abrumado, desolado, y Keisuke miró a Haru.

—Te lo advertí —le dijo.

El depósito de la urna en el cementerio se hizo justo después de un funeral retrasado por las tareas de identificación y repatriación del cuerpo. ¿Dónde estarán tus cenizas?, le había preguntado Keisuke a Haru, y había añadido: Nobu merece que seas su vecino. Se reunieron en Kurodani bajo un aguacero, con una sensación atroz de *déjà-vu*. Hiroshi acudió para recitar una oración a la que añadió unas palabras personales que hicieron que Keisuke se desplomara sobre el suelo empapado. Haru dejó su paraguas, tomó al alfarero de los hombros y lo tuvo abrazado contra su pecho hasta el final de la ceremonia. Akira se acercó con otro paraguas, pero Haru lo rechazó con un gesto y permaneció bajo el diluvio, sosteniendo a su hermano del alma. Paul cerró a su vez su paraguas y, uno tras otro, todos los presentes lo imitaron, dejándolos a su espalda sobre la arena embarrada, recibiendo el agua y el frío con un mismo abatimiento solidario. Cuando Beth cerró el suyo, todos pudieron ver que lloraba. Por las mejillas de Sayoko resbalaban lágrimas y gotas de lluvia. Fue la última en dejar el sendero, a paso lento, con el cabello perlado de agua. Unos días más tarde, Paul le preguntó a Haru si también las cenizas de Clara podrían descansar en Kurodani.

—Es budista —dijo—, pero aun no siendo así, me gustaría que estuviera aquí.

—Hiroshi hará lo necesario —contestó Haru, y añadió bajito—: ¿Tan cerca estamos ya?

—Caminamos por el tejado del infierno contemplando las flores —contestó Paul, citando un poema de Issa—. En realidad, ya estamos ardiendo en su fuego.

Esa tarde, Haru recibió las últimas fotografías de Francia y se sintió más abatido todavía. Los que podían ser felices morían, los que vivían eran desdichados, la vida se hundía en una ciénaga de infortunio y de duelo en la que él encallaba como amigo y como padre.

No cesaban de surgir datos sobre el 11 de marzo, se supo así que el seísmo había ocurrido a poca profundidad, que el corrimiento se había concentrado en una falla inusualmente corta, lo que había acumulado la energía en una zona reducida, provocando a la vez una magnitud de 9,1 y un gigantesco tsunami. Una noche que Keisuke y Paul estaban en su casa bebiendo sake, Haru compartió con ellos sus reflexiones sobre la imposible profundidad de los sentimientos japoneses.

—Existe —dijo Keisuke—, rica y abisal, pero no tenemos acceso a ella, estamos encerrados en la desgracia de nuestra tierra, en su tragedia permanente, pero también en nuestra lengua moderna, que ya no sabe expresar lo que sentimos. ¿Cómo ver dentro de nosotros mismos si ya no sabemos decir? En lugar de eso, nos atiborran de romanticismo catastrófico y de esteticismo moral de la resiliencia. ¡Oh, es admirable! Pero enmascaran la sequedad del alma contemporánea.

La conversación prosiguió sobre temas similares en una atmósfera de tristeza y camaradería.

—Tienes influencia en nosotros —le dijo al fin Keisuke a Paul—, el japonés corriente no gusta de conceptos, prefiere los ritos.

—Pero todo hombre se figura la vida —dijo Paul.

—Esa perra —dijo el alfarero—. ¿Crees que hay mucho más que decir sobre ella?

Paul no contestó.

—¿Y tú? —le preguntó Keisuke a Haru—, ¿cómo te la figuras tú?

—Como cruzar un río —contestó—, un río de agua negra de puro profunda. No alcanzo a ver el fondo, pero aun así tengo que cruzar.

Keisuke lo miró con cariño.

—Haces bien —le dijo—, el rocío está en la otra orilla.

A mediados de abril, Haru almorzó con Beth, que le anunció que a partir de entonces pasaría los veranos en Inglaterra.

—Pero si tú odias Inglaterra —se extrañó él.

—Precisamente —dijo ella—, Japón alivia mis males, pero la droga pierde efecto con los años, necesito un poco de infierno para volver a sentir la tregua. El negocio va viento en popa, puedo dirigirlo todo desde mi Berkshire natal, y cuando haya comido *scones* y bebido sherry hasta reventar, volveré.

—¿Cuándo te vas? —preguntó Haru.

—Después de Clara —contestó ella—. Regresaré en septiembre, a Paul le gustará volver a ver un rostro desaparecido.

Esa noche, Haru informó a Sayoko de la decisión de Beth.

—Pues que no vuelva —dijo esta.

Nunca la había oído hablar mal de nadie, por lo que se quedó estupefacto.

—No tiene ética —siguió diciendo Sayoko—, y no me refiero solo a la vida privada, también en los negocios hay reglas, uno no puede hacer lo que le dé la gana.

Poco después, Haru habló por teléfono con el cliente con el que no había podido reunirse la víspera del gran seísmo de Hanshin-Awaji. Su hija vivía en la costa de la prefectura de Miyagi, había sobrevivido al terremoto y al tsunami, se había refugiado con sus hijos en un centro de acogida de emergencia y, tras la reapertura de las carreteras, en casa de sus padres en Kōbe. Pero la pobre gente que no tiene adónde ir está condenada a años de olvido y soledad, le dijo a Haru. ¿Sabe quiénes fueron a las zonas arrasadas justo después del seísmo? No fue ni el gobierno, ni las autoridades locales ni la ayuda extranjera, todos tributarios de su material, de sus protocolos y de sus inercias. Los que dieron víveres y apoyo a los desdichados, incluso en las zonas irradiadas, fueron los miembros de la yakuza. Las primeras horas, las víctimas solo pudieron contar con el pueblo japonés y con la Inagawa-kai. Si estamos gobernados por unos bandidos y salvados por otros, los más compasivos tienen derecho a reconstruir el país. ¿Y yo?, se preguntó Haru, ¿también yo soy un bandido? Se lo preguntó a Keisuke, que se echó a reír: Sí, pero de muy poca monta, no se te va la mano atracando, pues tus pupilos se hacen ricos y, además, no amenazas ni te cargas a nadie. Beth tampoco, la defendió Haru, a lo que, pensativo, Keisuke contestó: No, pero no deja de ser un vampiro. Algo más tarde, tuvieron otra conversación.

—Eres marchante, pero también eres un esteta —le dijo Keisuke—, eso te salva de tu vulgaridad, como salvan a Beth de la suya sus éxtasis zen.

—¿Mi vulgaridad? —repitió Haru, pensando en su viejo maestro Jirō.

—Pero detrás del placer está la soledad —continuó Keisuke—. Siempre has soñado con otros lugares sin moverte nunca de aquí, has deseado extranjeras, has visto en el arte otro lugar donde poder curar tus heridas secretas. Tu soledad te empuja a huir, pero tus heridas te anclan al suelo. Sin embargo, percibo en ti un punto de redención, aunque no alcanzo a ver cuál es.

Clara murió el 20 de mayo en el Second Red Cross Hospital. Tenía treinta y cuatro años. Durante el funeral, Paul apenas se sostenía en pie, y Haru pensó que era el más triste al que había asistido en su vida. El día que fueron a dejar las cenizas en el cementerio hacía un tiempo magnífico. En el fuego del infierno, los cuervos graznaban sobre los senderos, una brisa cálida acariciaba los rostros y la vida invisible de los muertos hacía vibrar las tumbas. Keisuke se quedó inmóvil toda la ceremonia, muy serio, con una dulzura infinita en la mirada. Por la noche se fue al centro a emborracharse, y Haru fue con Beth a Kamigamo. Cuando llegaron, Paul estaba dando de cenar a Anna y, una vez más, su mirada y sus ojeras les partieron el corazón. Beth le habló en japonés a la niña, que se rio a carcajadas tratando de decir *daijōbu*, los padres de Clara y de Paul, que se alojaban en un hotel cercano, acudieron también, y Laura, que se había quedado en casa con la niña durante la ceremonia, sirvió una cena que Sayoko les había hecho llegar con Kanto. Al principio hablaron en inglés, pero, después, viendo que Beth lo dominaba, pasaron al francés. Al expresarse en su lengua natal, Paul parecía otra persona, y Haru sabía lo mucho que le pesaba la presencia de sus padres y de sus suegros. Laura es un regalo del cielo, le había dicho, pero temo la venida de la Sagrada Familia, aunque entiendo que es bueno para Anna. Había añadido que Clara pensaba que William había muerto por no haber podido vivir su parte japonesa y que quería que Anna pudiera conocer su parte belga. Haru pensó en sus antepasados lejanos, observó a Beth mientras conversaba, y se preguntó cuán intenso era su dolor ahora. Sentado a su derecha, el padre de Paul le evocaba un ave rapaz: erguido, severo, con la mirada fría y el gesto imperioso. Al final de la cena, este dijo algo y se hizo el silencio. Paul se levantó y todos lo imitaron. Haru y Beth se despidieron y se marcharon juntos en la noche. Me voy, le dijo Beth cuando se separaron, me voy mañana a Londres, y soltó la risita breve y dolorosa que solo le oía en las horas negras.

A medianoche, Paul llamó a la puerta de la casa del Kamo-gawa.

—Estás condenado a acoger a tus amigos en duelo —dijo.

Daba miedo verlo.

—Yo también estoy en duelo —contestó Haru, y fueron a su despacho.

—Creía que me consolaría la idea de que ya no sufre —dijo Paul—, y la idea está ahí, sí, real y beneficiosa, pero no me trae consuelo.

Pasaron un momento bebiendo en silencio, antes de volver a ponerse a hablar de todo, de Clara, de Anna, del amor y, sin cesar y sin eludirla, de la muerte.

—¿Qué ha dicho tu padre que os ha hecho salir pitando a todos? —preguntó por fin Haru.

—Mi padre tiene la pasión de juzgar más que de comprender —contestó Paul—. Es de esos hombres a los que les gusta tener razón.

Una corriente de aire fresco entró por la ventana, Paul no lo notó y se estremeció.

—Solo la muerte puede con nosotros —murmuró.

Cuando Paul se marchó, Haru entró en la gran habitación, fumó varios cigarrillos y, cuando se disponía a irse a la cama, sobre la mesa baja delante de la jaula del arce vio un poema caligrafiado por Keisuke, compuesto por un único verso.

Solo, al otro lado, reina el rocío

Entonces, cuando todo había terminado, todo continuó.

En esa época reapareció en la vida de Haru la japonesa de la que había sido amante al principio de la década de 1990. Regresaba tras otros diez años en el extranjero junto a su marido diplomático, y coincidió con ella en una recepción oficial en los salones del hotel Okura. Me quedo en Japón de ahora en adelante, le dijo, Shohei estará un tiempo en la embajada, en Tokio, y después se marchará de nuevo al extranjero, esta vez sin mí. ¿Qué haces en Kioto?, le preguntó Haru. Ella sonrió y no dijo nada. Acababa de cumplir los cincuenta. La encontró guapa y cambiada. Al día siguiente, fueron al Shisen-dō, se sentaron en los tatamis de la galería del templo y ella le rozó la mano. Me gustaría traer a Midori aquí algún día, dijo, y Haru recordó que adoraba a su única hija. Los pétalos de las grandes azaleas, entreverados en el follaje verde claro de la primavera, dejaban una estela rosa de estrellas. Sobre una arena amarilla muy fina había una piedra, helechos, hostas, bambúes sagrados y un bebedero para pájaros. En segundo plano languidecía una hilera de gráciles arces. Al día siguiente, Haru le contó esta visita a Paul y, en el último momento, sin saber por qué, evitó mencionar a Midori.

—¿El Shisen-dō? Es mi preferido en esta época del año —dijo el joven.

Se reclinó en el respaldo de la silla.

—Caminamos por el tejado del infierno contemplando las flores —añadió.

Con una tranquilidad y una naturalidad que sorprendieron a Haru, Emi volvió a ser su amante. Se veían en Kioto y en Tokio, hacían el amor, hablaban, reían y salían a cenar. La sed y la tensión de su primera relación habían dado paso a una complicidad tierna y traviesa, y, poco a poco, Haru dejó de ver al resto de sus amantes habituales. Bajo un derroche de pequeños copos de nieve, celebró su sesenta y tres cumpleaños en la casa del Kamogawa. Emi ocupó un lugar destacado, y Haru reparó divertido en que contaba con un comité de apoyo mudo formado por Sayoko y Keisuke; por ello, aunque nunca hablaba de sus asuntos privados con Sayoko, al día siguiente le dejó caer, como quien no quiere la cosa, que Emi estaba casada. Como todas nosotras, contestó ella, encogiéndose de hombros. Haru se rio en su fuero interno de verla pisotear unos principios que, en otras circunstancias, habría defendido con vehemencia. Pero no tenía más remedio que reconocer que la vida que había llevado durante cuarenta años había cambiado de rumbo sin previo aviso y sin dolor. Seguía saliendo, bebiendo, comerciando y divirtiéndose, pero con otro talante. Esa tarde llevó por primera vez a Emi a su paseo por templos y cementerios. Estaban solos, ella caminaba a su lado, tierna, elegante y seria. Se detuvieron en lo alto de la larga escalinata, en el silencio de la ciudad nevada, en la gran quietud de los edificios y las tumbas. Haru la miró, ella respiró levemente, Haru vio el esbozo de una lágrima, le brillaban los ojos cuando se volvió hacia él. Admiró su belleza y su delicadeza y, llevando el hilo de sus pensamientos por otros derroteros, se dijo: Tomoo sigue siendo la forma que le da a mi colina su espíritu. He entrado en la era de los duelos y, ahora ya, son mis muertos quienes les dan a estos edificios y a estas tumbas su perfume de fervor. Se detuvo en el patio del templo y recordó el amanecer del 10 de enero de 1970, cuando Tomoo y Keisuke caminaban delante de él bajo la nieve y él sentía que tiritaba y nacía a la vez. Pero Keisuke y Paul están vivos, pensó, y también Rose. Sonó un gong en la lejanía y retomó conciencia de la presencia de Emi.

Esa noche cenaron en un restaurante de Gion, una vieja institución donde era bien conocido.

Durante la cena, Emi le habló de sus años en el extranjero y de una novela de amor que estaba leyendo y, mientras la escuchaba, Haru veía como en un teatro lo que habría sido su vida si se hubiera casado con una japonesa. En el instante preciso en que pensaba que siempre había mantenido el deseo lejos de su identidad, a propósito de la novela —la historia de un hombre y una mujer casados que acababan suicidándose juntos—, Emi le dijo: Mis amigos europeos piensan que los japoneses rinden culto al amor imposible. El resto de la velada transcurrió en un ambiente sereno, Haru sintió que era un soñador que recorría un paraje familiar y extraño. Caminaron en la noche helada hasta un bar de vinos donde se les unió Keisuke, el cual, borracho como una cuba, se puso a parlotear con Emi. Haru los escuchó distraídamente y, con una sonrisa afectuosa en los labios, no tardó en dejar de prestar atención a lo que decían. Bebió un sorbo de chinon pensando en Rose y se dijo: Estoy aquí, aburrido, para contentar a Emi, de la misma manera que si acompañara a mi hija a una merienda infantil.

La mañana del 19 de enero de 2013, la víspera del sesenta y cuatro cumpleaños de Haru, Sayoko se paró en seco delante de la cristalera que daba al Kamo-gawa. ¿Qué está mirando?, le preguntó él, a lo que ella contestó, perpleja y distraída: El río. Hacia las siete de la tarde, Keisuke lo llamó para proponerle verse en el centro con Paul, pero le dijo que no, pues tenía previsto pasar la velada con Emi. Se reunió con ella en un restaurante de sushi en la última planta de un edificio en el que coincidieron con Beth, que había vuelto de Inglaterra y estaba cenando allí con unos socios de negocios. Conversaron un momento de pie junto a su mesa. Más tarde, Emi le dijo a Haru: Es muy buena en lo suyo, mira cómo la respetan pese a ser extranjera, y Haru sintió una bocanada de nostalgia al pensar en la época remota en que Beth y él eran amantes. Cenaron disfrutando de la vista sobre las montañas del Este y regresaron a pie bordeando el Kamo-gawa, hacía bueno y las malas hierbas, a la luz de la luna, se combaban como arcos de plata. Al llegar a casa, se dieron un baño y se fueron a la cama, charlando y riendo, pero no hicieron el amor. Haru contempló la espalda desnuda de Emi y se durmió plácidamente.

A las seis sonó el teléfono y oyó la voz de Keisuke decirle: Ven al Red Cross, estamos más o menos bien, pero ven. En el hospital encontró al alfarero en un pasillo, despeinado y vestido con un pijama de enfermo. No estoy herido, pero estaba mojado, le dijo, y se lo contó todo. Habían bebido más de la cuenta —Haru se imaginaba lo que eso quería decir— y, sin saber muy bien cómo, habían acabado en lo alto del puente de Sanjō, diciéndose el uno al otro que tenían que saltar. Se habían encaramado al pretil, Paul había aterrizado sobre un trozo de pilar, mientras que Keisuke había caído en el agua fría, ileso; no habían tardado en socorrerlos. A Paul lo habían operado de urgencia de la cadera, todo había ido bien; bueno, es una forma de hablar, dijo Keisuke bajito, seré imbécil, sé muy bien que yo no puedo morir, tendría que haberlo protegido. ¿Dónde está Anna?, preguntó Haru. Con la canguro, contestó el alfarero, la he avisado hace un rato, estaba muerta de angustia. Haru llamó a Sayoko, le contó brevemente la historia —¡Ah!, dijo ella, ¡el río!— y le pidió que fuera a casa de Paul. Voy a traerme a Anna a casa, le dijo ella. Los días sucesivos, Anna vivió de día en casa de Haru y de noche en casa de Sayoko, mientras

Paul se recuperaba despacio. Cojearé hasta el final de mis días, le dijo a Haru, pero cojear no es nada, la verdad es que le he fallado a Anna, y eso nunca me lo perdonaré.

Se lo perdonó. Reanudó el trabajo, volvió a frecuentar los bares con moderación, y Haru disfrutó viéndolo tejer con su hija una relación tierna y alegre. Tuvo también aventuras, pues comprendió que ya no podía ser el que había sido con Clara, que ningún hombre da la talla ante la ausencia de los muertos. Al ver que el trabajo lo mantenía en pie, Haru le confiaba más tareas, también porque los japoneses lo adoraban. Bebía sin flaquear durante las interminables cenas, hablaba poco, reía y hacía reír cuando tocaba y concluía las transacciones con más margen a veces del que habría conseguido Haru. Cuando se lo comentaba, divertido, Paul sonreía y decía: El espíritu del capitalismo nació de la ética protestante, creía ser un amante del arte, pero no soy más que un producto de mi cultura. En realidad, sonreía poco, y Haru sentía pena por él. Anna, que había cumplido cuatro años, se parecía cada vez más a su madre y, pese a la ausencia y la tristeza, parecía siempre alegre y traviesa, por lo que Sayoko estaba convencida de que se hallaba bajo la protección del bosque de Tadasu. Cuando Paul vendió la casa y se trasladó a un apartamento en el centro de la ciudad, se alarmó y volvió a observar a la niña con atención durante unos meses. Pero Anna crecía en armonía y eso a Paul le daba fuerzas.

Haru celebró su sesenta y cinco cumpleaños. La fiesta, organizada a medias por Sayoko y Emi, fue bonita. Nevaba; en su jaula de cristal, el farol estaba coronado por alas de cuervo inmaculadas, y Keisuke dio un discurso desternillante entreverado de camelias, de amistad y de sake que concluyó así: La gente de las montañas es tonta perdida. Todos rieron y se encaminaron sin sobresaltos hacia una primavera deliciosa, seguida de un monzón precoz y particularmente fresco en el que Haru se resfrió. La noche del 29 de junio estaba en su casa tomando un té caliente y tratando de leer, pese a una tos fea que le desgarraba el pecho, cuando llamó el nuevo detective. El primero se había jubilado hacía diez años, y su sucesor, que también hablaba inglés, se disculpó por llamar de improviso y lo informó de que Maud Arden se había suicidado el día anterior.

Se había llenado los bolsillos de piedras y se había ahogado en el Vienne. Haru dio instrucciones de que le hicieran un informe completo de lo sucedido y llegaron unas fotografías a su correo electrónico. En ellas se veía a Paule vestida de negro, recibiendo a los visitantes a la entrada del porche. En otra aparecía Rose saliendo del apartamento de la rue Delambre con un semblante duro y huraño que a Haru le recordó el de Maud. El funeral se había celebrado en la iglesia del pueblo de al lado y la difunta había sido enterrada en el mismo cementerio que su padre, en el campo, a diez minutos de allí. El fotógrafo no había podido acercarse, las imágenes estaban borrosas, se distinguían mal los rostros, pero a Haru le pareció que llevaban máscaras pálidas y, como en el nō de su infancia, se codeaban con un mundo de espectros.

—¿Qué vas a hacer? —le preguntó Paul al día siguiente.

Haru tosió y encendió un cigarrillo.

—Contactar con ella, pero aún no sé cómo.

—*Cómo* es, sin embargo, la pregunta japonesa por excelencia —dijo Paul—, no conozco ningún pueblo que deje a un lado con tanta elegancia los porqués.

—Ha vivido sin padre y casi sin madre —dijo Haru—, no puedo irrumpir en su vida así como así.

Volvió a toser.

—Deberías ir al médico —dijo Paul—, esa bronquitis te está durando demasiado.

—Voy dentro de un rato —dijo Haru—, tengo cita a las cuatro.

Fue a pie a la consulta de su médico, bordeando el Kamo-gawa, giró a la izquierda en el puente de Demachi y subió por Kawabata dori. Chispeaba, se sentía cansado y feliz de un modo inimaginable, cálido y profundo, que excavaba en él pozos de emociones múltiples. En Francia, los años habían transcurrido de manera monótona y repetitiva, su hija se marchitaba, hermosa y sombría, despojada de su rabia, indiferente y, en apariencia, resignada. Casi no ocurría ya nada en su vida, veía poco a sus amigos, apenas tenía amantes, después del trabajo volvía a su casa. Cada vez que recibía un informe y las fotos, Haru tenía que rendirse a la evidencia de que la negrura de Maud se estaba imponiendo. Pronto, sin embargo, Rose conocerá su alma japonesa, pensaba Haru, contemplando a las garzas que se confundían con la grisura del monzón. Bordeando el lecho del río, las malas hierbas, verdes y henchidas de lluvia, se doblaban bajo el viento fresco. Frente a él, las montañas del Este formaban una masa oscura y secreta. A su alrededor, mediante la magia conjugada de su fealdad contemporánea y sus santuarios elegantes, el sueño de Kioto lo invadía como nunca, y sonrió pensando: Aquí estoy, más japonés todavía al querer que mi hija lo sea.

Shigenori Mizubayashi, amigo suyo desde hacía treinta años, lo auscultó mientras charlaban y, al cabo de un momento, se quedó callado.

—¿Has perdido peso últimamente? —le preguntó.

Haru no tenía ni idea.

—Voy a mandarte unas pruebas —dijo Shigenori—, eres un fumador empedernido, es mejor ser prudentes.

—No tengo tiempo de ponerme enfermo —dijo Haru riendo.

Se hizo las pruebas y se olvidó del tema, enfrascado como estaba en su Estrategia Rose. Con la excusa de la bronquitis, rechazó la propuesta de Emi de pasar unos días juntos y meditó largamente en su despacho, delegando los negocios en Paul. El 20 de julio, Shigenori lo llamó y le dijo: Tengo los resultados de tus pruebas, ¿puedes venir esta tarde? Haru observó a Sayoko, que estaba colocando unas ramas de lilas en un gran jarrón blanco y, viéndola concentrada y serena, no se inquietó. Fue a pie hasta la consulta en Kawabata y, mientras esperaba a ser atendido, pensaba en las primeras palabras que le escribiría a su hija. Shigenori lo invitó a pasar y, en ese mismo instante, Haru supo que era grave.

—Háblame sin rodeos —le dijo.

—Hay que hacerte una biopsia y otras pruebas para saber más, pero una cosa es segura: tienes cáncer.

—¿De pulmón? —preguntó Haru.

—Están afectados los dos pulmones.

—¿Ahora? —dijo Haru.

El médico lo miró desconcertado.

—¿Esto tiene que ocurrir ahora? —dijo el marchante, y soltó esa risita breve que les había oído a otros, pensando: Así es el destino—. ¿Cuán grave es? —añadió.

—Sabremos más después de la resonancia magnética y de la biopsia —contestó Shigenori—. No te tomes esto como una sentencia, mucha gente vive bastante tiempo con un cáncer parecido.

Haru volvió a casa, le pidió a Sayoko que tomara el té con él y le dio la noticia. Llevaba su casa y su agenda, y conocía su secreto: de entre todos, merecía conocer la verdad. Por otra parte, tenía curiosidad por saber por qué la dama de las tragedias no se había enterado de esa en concreto, y Haru pensaba que quizá eso justificaba albergar cierta esperanza. Cuando le habló, ella soltó un hipido de sorpresa.

—No es posible —dijo, y Haru creyó que negaba la realidad de su enfermedad.

Se equivocaba, pues, adelantándose a su pregunta, añadió:

—Siempre estoy ciega en mi casa.

—¿En su casa? —repitió él.

—Bueno, aquí —precisó ella, señalando la habitación inundada de luz.

Haru se sometió a una batería de nuevas pruebas y volvió a ver a Shigenori en el transcurso del mes de agosto.

—No es ni el más agresivo ni el más amable de los cánceres —le dijo el médico—, pero hoy en día hay muy buenos tratamientos, te voy a derivar al mejor oncólogo de Kioto.

—¿Cuánto tiempo me queda? —preguntó Haru.

—No se puede saber.

—¿Cuánto? —repitió Haru.

—Cinco años, quizá diez —contestó Shigenori—, pero no te enfades conmigo si conseguimos que llegues a los noventa.

Al salir de la consulta, Haru llamó a Paul y le propuso verse en Kitsune: Sayoko se ocupará de Anna, es importante para mí cenar contigo. Paul llegó puntual, se sentó, dejó que Haru pidiera las cervezas y dijo:

—Háblame sin rodeos.

Cuando Haru se lo hubo contado todo, se reclinó en el respaldo de la silla y dijo simplemente: Estoy contigo.

—Vas a tener que llevar tú el negocio —dijo Haru—, a nadie le gustan los marchantes enfermos, y menos en Japón: serás nuestro rostro cuando yo ya no pueda.

—¿A quién más vas a informar?

—A Keisuke, a Beth, a Emi y, cuando ya sea evidente, a todo el mundo.

El chef se acercó a invitarlos a una ronda de shōchū, Haru rio y le preguntó a Paul si tan desesperados estaban. Lo estamos, contestó el joven, y sonrió. Bebieron el shōchū en grandes vasos con mucho hielo.

—Mi padre murió mientras dormía, sin sufrir —dijo Haru—, casi me había convencido de que a mí me pasaría igual.

Mencionar a su padre lo llevó a otros recuerdos.

—Hace tiempo conocí a un maestro de té en las montañas cercanas a Takayama. Se llamaba Jirō Mifune, tenía una tienda de antigüedades en la ciudad, donde, entre montones de baratijas, podías encontrar maravillas. Oficiaba en su cuchitril entre cajas de cerveza y pilas de revistas viejas, pero nunca oí la llamada del té de manera tan clara como con él.

Alzó su copa en un brindis por el amigo invisible.

—Decía que un hombre que cree conocerse es peligroso. Pero, en realidad, seguía la vía del té y sabía quién era. Voy a hacer de la pequeña habitación del norte una sala de té, necesito ver, ya no tengo tiempo para creer.

Paul alzó su copa.

—¿Y Rose? —preguntó.

Haru hizo un gesto con la cabeza.

—Aún no lo sé.

Los tratamientos, las pruebas, las semanas y los meses: todo fue cruel. En agosto de 2014, Haru había aplazado su decisión con respecto a Rose y, en general, cualquier decisión concluyente. En junio de 2015, cuando las noticias del frente del cáncer eran indefinidas, fue con Kanto a la primera jornada del festival de Takigi-Nō. El tiempo era apacible, algo nuboso, y se sorprendió disfrutando de la función al aire libre, que le recordó a las de su niñez. Cuando encendieron las antorchas, y el escenario y el santuario iluminados se recortaron sobre un fondo de oscuridad creciente, lo impresionó la densidad que la noche real le daba a la obra. A la luz de la luna que ascendía en el cielo, la noche le mostraba el mundo como nunca lo había visto antes y, sintiendo que recorría provincias secretas, se quedó dormido como quien se abandona en manos protectoras. En el instante preciso en que despertó, el actor principal llevaba una máscara de anciano que sin duda había sido esculpida por un gran artista, pues Haru no había visto nunca una expresión tan viva de sufrimiento; ¿o será que yo me he vuelto más sensible?, se preguntó, comprendiendo con espanto que era el rostro demacrado de la muerte, mientras el actor salmodiaba: Si vengo, es para contaros mis tormentos.

Al día siguiente, después de un sueño agitado con pesadillas de ahogamiento pobladas de fantasmas y demonios, lo organizó todo sin decir nada a nadie. En la noche iluminada por el arte y el fuego, había visto la verdad y sabía, sin necesidad de médicos, que le quedaban pocos meses luminosos. Tres semanas más tarde, avisó a Paul y a Sayoko de que se marchaba unos días a Takayama y le pidió a Kanto que fuera a recogerlo al día siguiente al alba. Al nacer el día, le pidió que lo llevara al aeropuerto internacional de Kansai y que no se lo dijera a nadie. Miró desfilar las calles de la ciudad y de los arrabales y, en la llanura del Sur, bordeando las autopistas, la horrible zona urbana de Osaka. Al final del periplo, el coche enfiló el largo puente que une el aeropuerto con la costa. Lo divirtió el cartel en inglés y en katakana, el silabario usado para transcribir las palabras extranjeras, que decía: SKY GATE BRIDGE R. Recorrió con la mirada la gran bahía de Osaka, sus edificios industriales, sus barcos de pesca y de recreo, sus lúgubres construcciones de hormigón, y nada le pareció más japonés que ese paisaje marítimo desfigurado por la modernidad.

Kanto lo acompañó al mostrador de facturación y hasta la entrada a las puertas de embarque, donde se inclinó antes de marcharse, como si acabara de dejarlo en la consulta del dentista. Después de los controles de seguridad y de aduana, Haru fue a la sala de espera de primera clase y se sentó en un sillón junto a la cristalera que daba a las pistas y al mar. Un avión despegó, otro aterrizó, Haru se sirvió un café y volvió a su sillón. Quedaban dos horas para el embarque, cogió un periódico, lo dejó, llegaron más vuelos, se fueron otros, el mar se agitó al levantarse viento. Observó que, según la fase de despegue o de aterrizaje, los aviones parecían sucesivamente pesados y ligeros, torpes y esbeltos y, en un momento dado, la trayectoria de un pequeño avión de pasajeros le recordó las garzas de su río y, por contigüidad, el torrente de su infancia. Recordó haber visto en él las orillas opuestas de su vida y, en el centro de las aguas agitadas, enigmática y etérea, a su hija; aquí estoy, pensó, muy cerca del núcleo en fusión del misterio, allí donde por fin puedo reunirme con Rose. La coreografía de los aviones prosiguió, se tomó dos cafés más, comió unos senbeis y se repitió el nombre del hotel que había elegido en París. El mar se encrespaba bajo nubes de tinta, sintió miedo de la tormenta incipiente, pero los paneles mostraban vuelos sin retraso y se relajó con una copa de vino. Por fin dejó la sala, la cristalera, el mar y las pistas que el cielo oscuro lustraba.

No pudo dormir en todo el vuelo. El café, la duración del trayecto, lo imprevisto del viaje: todo lo mantenía despierto. En la cabina sin luz, con los ojos abiertos de par en par, imaginaba el momento en que entraría en el mismo espacio de Rose y la vería ante él, envuelta en el mismo aire, encerrada en la misma urdimbre de existencia que él. Al aterrizar, tras doce horas de esa extraña vigilia, se sentía agotado. A la salida lo esperaba, con un cartel con su nombre, un japonés al que Manabu Umebayashi había contratado para él. Lo llevó hasta un coche donde Haru se quedó dormido casi al instante. Cuando despertó, estaban en París, era el principio de la tarde y llovía. El hotel le pareció limpio, el servicio, mediocre, y la habitación, cómoda. Se dio una ducha y se tumbó en la cama; cuando volvió en sí era noche cerrada. Se guardó el teléfono que le había proporcionado el hombre de Manabu y salió.

Había dejado de llover y paseó sin rumbo, orientándose por la torre Montparnasse. Encontró la ciudad sucia y maloliente, caminó largo rato por las calles dormidas, pero París le traía sin cuidado, solo pensaba en ella. Pronto sintió hambre. Amanecía ya y, al llegar a una gran avenida, reconoció el café. En las fotografías había examinado las mesas y las sillas de mimbre verde y blanco, las cristaleras abiertas sobre la barra de madera, los camareros vestidos con camisa blanca, corbata y chaleco negros. Se sentó en la terraza y pidió un desayuno.

Después de tres decenios de imágenes, París ya le era familiar, pero las fotos no transmitían los olores, ni la luz ni, sobre todo, la forma en que la gente se desplazaba. Pero más que el exotismo del entorno, las fisonomías o el idioma, era el movimiento de los viandantes lo que sumía a Haru en una irreductible extrañeza. Ni conocer a franceses en Kioto ni frecuentar a mujeres occidentales lo habían preparado para esa multitud animada por gestos específicos y, ahogado en esa marea de otro mundo, se sintió desligado de la realidad. Al cabo de una hora volvió a imponerse el cansancio, le pareció pueril haber esperado una aparición milagrosa y pensó en regresar al hotel para organizar allí la mañana del día siguiente. Tenía en mente ir hasta el centro de investigación en el que trabajaba Rose a la hora en que iniciaba su jornada; la vería, y de esa primera impresión surgirían las decisiones sucesivas.

La vio llegar directa hacia él. Estaba cruzando la avenida y Haru comprendió que se dirigía a la terraza donde se encontraba él. Llevaba un vestido verde muy sencillo, sandalias planas y el cabello suelto. Lo miró sin verlo y se instaló en la mesa de al lado. El camarero acudió, ella pidió un café, y el sonido de su voz, en la que reconoció el timbre de la de su propia madre —la impronta de sus montañas—, lo conmovió profundamente. Estaba a menos de un metro de ella y, como no le prestaba ninguna atención, pudo observarla a su antojo. Había en ella una energía que no se percibía en las fotografías y que le evocó la frágil tenacidad de las flores. ¿Cuántos hombres la habrán amado por ello y se habrán topado con su rabia y su indiferencia?, se preguntó. Al coger la taza, se le cayó la cucharita, Haru la recogió y se la devolvió. Ella le dio las gracias, y él le dijo: *You're welcome.* Ella se lo quedó mirando y vaciló un momento.

—¿Es usted japonés? —le preguntó por fin.

—Sí —dijo él—, ¿conoce Japón?

—No, gracias —contestó ella—, no es lo mío.

Él sonrió.

—Tenemos cosas hermosas, ¿sabe?

—¿Cosas hermosas? —repitió ella.

—Las cosas quizá no sean gran cosa —dijo él—, pero aun así.

Rose le pidió otro café al camarero al pasar.

—¿Qué cosas hermosas? —preguntó.

—Tenemos cielos —dijo él.

—¿Cielos?

—Cielos en cuyo fondo se marchitan jardines y donde a veces pasan zorros.

Ella lo miró fijamente.

—¿Tiene amigos aquí, tal vez? —le preguntó.

Haru percibió una ligera tensión en su voz. Pensó: Esto está ocurriendo ahora. Algo se puso en movimiento, una especie de brecha en la urdimbre de las cosas, en la que disponía de la infinitud del tiempo para sumirse en sí mismo antes de contestar. Un insólito torpor lo invadió allí donde estaba y lo arrastró a otra parte, bajo los árboles del Kokedera. Deambulaba al abrigo de sus frondas, maravillado por su poder de engendrar vida a pesar de su arraigo. Oía su canto y comprendía la fuerza de las mutaciones inmóviles. Se demoró un momento bajo las cimas de la memoria, admirando los musgos y las brumas, abandonándose al mágico esplendor de la tierra. La verdad fluía en destellos intermitentes de sotobosque en los que veía sucederse los años, las soledades y las impotencias. Pronto sería una carga para los suyos y, arrullado por la triste melodía de las ramas y las hojas, pensó: Nada ocurre por casualidad. Ella lo miraba, Haru la amó con una fuerza arrebatadora y se arrancó el corazón de golpe.

—No —le dijo—, no conozco a nadie en Francia.

Ella siguió mirándolo y se encogió de hombros.

—Claro —dijo.

Haru pensó en Beth, a quien el Nanzen-ji transformaba en otra mujer, pensó que siempre lo habían atraído otros lugares pero que allí no era más que un extranjero, y se dijo al fin que amar era dar luz. Le habló en japonés. Le dijo que era una flor poderosa, que tenía fe en su fuerza y en su determinación, y añadió que esperaba que, algún día, el espíritu le desvelara su corazón. Ella entrecerró los párpados con perplejidad, llamó al camarero, pagó los cafés y se levantó.

—Feliz estancia —le dijo.

Haru la siguió con la mirada hasta la estación de metro más cercana, pagó la cuenta y volvió a su hotel siguiendo las indicaciones de su teléfono. Se tendió en la cama. Había imaginado que sentiría un dolor intenso, irradiante, del que resurgiría vacío y calcinado, lavado de sentimientos. No sentía nada.

Llamó a la compañía aérea y al hombre de Manabu Umebayashi, almorzó y cenó sin salir de su habitación. Al día siguiente, su conductor lo esperaba al amanecer en la puerta del hotel. Esta vez quiso vivir cada latido del corazón que lo separaba del despegue y no durmió durante el trayecto hasta el aeropuerto. Facturó la maleta, fue a la sala de primera clase y tomó vino y café. Cuando se acomodó en el avión, se preparó de nuevo para la oleada de tristeza, pero, en lugar de eso, se sintió embargado por un alivio vertiginoso y una incomprensible ebriedad. El avión atravesó las nubes, el sol inundó la cabina y recordó la novela de Emi sobre el amor imposible; el amor imposible que, como la amistad, es parte del amor.

De vuelta en la casa del Kamo-gawa, hizo renacer su corazón arrancado, su corazón de padre, bajo la forma de un corazón de hombre moribundo, e informó a los vivos de que se encontraba ya en un reino intermedio donde no podían alcanzarlo. La primera en enterarse de esa migración sin regreso fue Emi.

—Puedo dártelo todo, pero no lo quieres —le dijo.

Él la miró con ternura.

—He pasado contigo años felices, pero soy un solitario y no puedo compartir mi enfermedad con nadie.

—¿Un solitario? —repitió ella.

Soltó una risa desengañada.

—Un hombre que cree conocerse es peligroso —dijo. Lo abrazó y se marchó.

Esa noche se reunió con Keisuke en un bar, le contó lo que le había dicho a Emi y añadió: Sé que me vas a censurar, yo mismo no ando lejos de hacerlo.

—¿Qué es un hombre? —le preguntó el alfarero.

—Me lo vas a decir tú.

—Es, antes de nada, una soledad.

—Precisamente —dijo Haru.

—Es, después, una caída y un nacimiento. ¿Crees poder nacer solo?

—Me parece, al contrario, que voy a morir —dijo Haru.

—¿No lo entiendes? Tú, que sueñas con otros lugares, eres tan japonés, creemos controlarlo todo y todo se nos escapa. Tu obsesión por la forma es la obsesión por el control. Pero en el centro está ese abismo en el que estamos ciegos, a menos que aceptemos no mirar y dejar que el otro nos muestre quiénes somos.

—No puedo pedirle eso a Emi —dijo Haru.

—¡Ah! —contestó Keisuke—. ¡Aún crees que tienes elección! Pero todo hombre necesita a alguien que acompañe su caída y su nacimiento.

Más tarde, en el calor cómplice de la amistad, cuando el sake atenuaba las amenazas, Keisuke se echó a reír.

—Menudo idiota y menudo samurái estás hecho —dijo.

El segundo en enterarse fue Paul. Haru no le habló de París, solo le dijo que renunciaba a conocer a su hija.

—Pero un padre es un padre, esté sano o enfermo —dijo Paul cuando Haru terminó de hablar.

—Un padre ausente convertido en padre enfermo —dijo el marchante.

—Tienes años por delante, ¿vas a renunciar a tu encuentro más importante?

—Lo que tengo por delante es la enfermedad, el declive y la muerte.

Se rio.

—Cómo se equivoca uno cuando no tiene el cuchillo en la garganta, ¿verdad? Lo que ha de darle un padre a su hija son luces que la iluminen sobre sí misma. Es lo que Beth no supo hacer con William: le debo a Rose su parte japonesa.

—¿Cómo piensas hacer eso a distancia? —preguntó Paul.

—Me quedan varios años para entenderlo —contestó Haru—. Es extraño, tomar esta decisión hace real la muerte y, sin embargo, me siento ebrio y feliz.

—Es la ebriedad de dar —dijo Paul—, de dar sin esperar nada a cambio, porque uno ha entendido el sentido verdadero del don. Te envidio ese vértigo.

Pero Haru sabía, desde las horas de París, que era el de renunciar al encuentro y, pese a ello, sentir la paradoja de una cercanía reforzada. La lenta erosión de la certeza de conocerse, aquello en lo que habían consistido los últimos decenios, dejaba paso a la promesa de la única mutación que importaba, iluminada por los minutos en los que había podido hablar con su hija.

El verano y el otoño transcurrieron en una tregua relativa, el cáncer progresaba despacio, sin estallar y sin retroceder; Haru llevaba una vida casi normal, pero ya no fumaba ni bebía y sabía que tenía las respiraciones contadas. En enero de 2016 celebró su sesenta y siete cumpleaños en la casa del Kamo-gawa, adornada con un inmenso ramo de camelias blancas. El jarrón negro, mate y gredoso, causó sensación, y Keisuke, que se lo había regalado, convino en que le había salido bien. Había también jóvenes artistas que alegraron la fiesta, orgullosos de estar allí, singulares y audaces como Haru a su edad, y tantas mujeres como siempre. Haru las encontraba hermosas y luminosas sin desearlas, feliz por su mera presencia, cautivado por su talento; ya solo deseo la intimidad, pensaba mirándolas vivir y reír, la intimidad postrera, con Rose, pese a la muerte.

Entretanto, el invierno cubrió la ciudad de camelias y de flores de cerezo, y el detective informó a Haru del fallecimiento de Paule a los ochenta y siete años. Se había apagado en su casa, mientras dormía, sin haber conocido nunca la enfermedad, y Haru sintió tanto alivio por ella, pero tanta tristeza por su hija, que no supo lo que sentía verdaderamente hasta que recibió las fotografías del funeral, del cementerio y de Rose perdida en una gran gabardina negra, erguida bajo la lluvia, sola pese a la multitud. Examinando las fotografías con Paul una noche de marzo, se dio cuenta de que la lluvia parecía negra, y el joven, inclinándose sobre la imagen, pareció turbado pues, en efecto, se la veía surcada de finas cicatrices oscuras.

—Keisuke te recordaría que, después de la explosión de las bombas, por efecto del calor, una lluvia negra cayó sobre Hiroshima y Nagasaki —dijo Haru—, una lluvia oscurecida por la ceniza y el polvo radiactivo que clavaba el átomo en el suelo y destruía toda esperanza.

Precisamente esa noche, Keisuke fue a cenar con él, y Haru, faltando a su costumbre, bebió varias copas de sake. Pasaron la velada conversando, evocando a sus desaparecidos y haciendo resplandecer las gemas secretas de la vida. Al final, Keisuke le preguntó si seguía teniendo en su habitación el cuadro de su juventud.

—¿Te gustaría volver a verlo? —preguntó Haru.

—No, pero ¿sabes que es una rosa?

Sorprendido él mismo por lo que acababa de decir, añadió:

—No sé por qué te digo esto.

Miró a Haru.

—Pero tú sí lo sabes, ¿verdad? —dijo, y se marchó.

Al inicio de 2019, el cáncer había avanzado, los tratamientos extenuaban a Haru, que ya no salía sin oxígeno, le dolían los pulmones y los huesos, tomaba la menor cantidad de morfina posible, pero algo tomaba. Sayoko organizaba la nueva coreografía de su vida, las enfermeras, los cuidados, las idas y venidas al hospital y, un día, la cama medicalizada instalada frente a la rosa de Keisuke. Ese día, Haru invitó a Keisuke y, como cincuenta años antes, le sirvió el té en el transcurso de una ceremonia sin artificio, pero un poco solemne. Había acondicionado como sala de té la pequeña habitación que daba al norte, y colocado en el tokonoma un rollo con el dibujo de unas violetas en el hielo. Por lo demás, procedió a la manera de su viejo maestro Jirō, y lo hizo todo sin un orden determinado, charlando y saboreando en la amistad la bellísima locura de las cosas. Naturalmente, en un momento dado se entregaron a su debate favorito.

—Tú crees que el espíritu nace de la forma,

pero es al contrario: la forma no es más que la parte visible del espíritu y la fantasía aparente de su control —dijo Keisuke.

—Lo que demuestra que, pese a tus anatemas, eres el más budista de los dos —contestó Haru.

—Pero ¿cuál de los dos es el más japonés? —preguntó Keisuke.

En mayo, el mes de las revelaciones, los comienzos y los finales, Haru tuvo un sueño en el que paseaba con Rose por los senderos del santuario de Kitano. Era la mujer encarnada que había conocido en París y que las fotografías no lograban restituirle. Delante de un lirio de una belleza extrema, Haru le tendía la mano y le decía: Te expondrás al sufrimiento, al don, a lo desconocido, al amor, al fracaso y a la metamorfosis. Entonces, así como la flor está en mí, mi vida entera pasará a ti. Despertó sumido en una intensidad de dolor que, unos meses antes, había decidido que sellaría su última decisión. Tomó la dosis justa de morfina para poder levantarse y llamó a Paul, que se reunió con él cuando se hubo marchado la primera enfermera. Tomaron el té ante la jaula del arce, Haru le explicó que pronto ya no podría levantarse de la cama, estar consciente ni tragar siquiera y que, por consiguiente, había llegado el momento. Como Paul no decía nada, añadió que quería morir en su casa, en Shinnyo-dō, que lo había previsto todo con Hiroshi y que se apagaría en el jardincito contiguo a sus dependencias privadas. ¿Te vas a suicidar en un templo?, preguntó Paul estupefacto. Voy a dormirme allí, dijo Haru, Keisuke y tú me traeréis de vuelta aquí para el final. ¿Hiroshi está al corriente?, preguntó Paul. Claro que no, contestó Haru, y añadió: Antes, quiero pedirte que traduzcas una carta y que apuntes un itinerario.

—Para Rose —terminó—. ¿Recuerdas lo que me dijiste la primera vez en Takayama? ¿Que la profundidad del alma japonesa está en la superficie, que nuestros jardines son la materia ordenada de manera que el infierno se convierta en belleza? Durante mucho tiempo pensé que la tristeza de Rose era solo por Maud, quise ignorar la faceta del infierno que nos moldea a nosotros.

Rio.

—Ahora quiero transmitirle a Rose su legado japonés: tristeza, una vez más, pero con la mención de su antídoto. Tuve esta intuición en el Kokedera hace ocho años, y ahora sé que lo que tengo para darle a mi hija cabrá en una carta y en una excursión. Cuando venga aquí a oír mi testamento, la llevarás a unos pocos lugares escogidos. Al final, la acompañarás al notario y luego le darás mi carta y su traducción al francés.

Paul calló, pero su silencio, Haru lo sabía, otorgaba.

—Le lego cuanto poseo, pero la empresa y el almacén son para ti.

—Ni hablar —dijo Paul—. No soy tu hijo y ya

no soy solo tu empleado; soy también y, sobre todo, tu amigo.

Haru asintió con la cabeza.

—¿Cuándo? —preguntó el joven.

—El 20 de mayo, dentro de diez días.

Y Haru se sumió así en los limbos de la muerte venidera. Para pulir la obra, invitó a Keisuke a tomar el último té y allí, en la penumbra de la pequeña habitación, informó a su amigo.

—Quien quiere morir vive, quien quiere vivir se da muerte —murmuró Keisuke—. Lo he intentado muchas veces, pero ¿quién da la talla contra el destino? Nos castiga sin distinción, a los solitarios y a los amantes, privados todos de trato con nosotros mismos y con nuestros seres queridos. En cuanto a mí, soy el pobre hombre que vela y que consigna la historia hasta su última palabra.

—¿La historia? Pero la historia ¿de quién? —preguntó Haru.

—¿Quién sabe? Lo sabré cuando me toque a mí. ¿Quizá sea después de ti? ¿O después de Paul? Espero que no, soy viejo y le deseo que vuelva a amar y que viva mucho tiempo.

Haru sirvió el té con gestos suaves, gestos lentos de enfermedad y de recuerdos, bendecidos por la sombra de su viejo maestro, por sus montañas natales, por sus torrentes y sus zorros mágicos. Bebieron sin hablar, sentados sin solemnidad, y las sombras descendían numerosas de su memoria y de sus laderas, y un espesor crepuscular lo embargaba. Keisuke le sonrió y Haru le recordó la historia del zorro de Kakurezato que había recorrido un vado invisible, cuarenta años antes, y la del zorro y la dama de Heian.

—Un día, hace cuarenta años, se la conté a una francesa —añadió Haru—, y después a Jacques Melland. A los dos los marcó, pero nunca supe por qué.

Keisuke se rio.

—El zorro dice lo que cada cual quiere que diga. En toda buena historia se cruzan los tres ejes principales en los que nosotros, míseras motas de polvo, nos movemos, y cada cual desliza su vida por ellos según sus propios recursos y sus propias taras. El nacimiento, el amor y la muerte. El relato original, el comienzo y el final.

Encendió un cigarrillo.

—Recuerdo a la francesa —dijo—. Para ella yo habría seguido la historia así: En esta vida rodeada de invisibilidad en la que agonizaba la dama recluida, la mirada del zorro hacía tambalearse las fronteras. Ofrecía espejos desconocidos y cambiaba las leyes de la refracción íntima. Ordenaba las sombras en una coreografía inédita. En definitiva, hacía surgir para ella otro mundo, invisible también, en el que el corazón de su vida se le hacía visible y, nombrando los muertos, la liberaba de sus cadenas. Era el único amigo que tendría jamás, el que, para ella, consignaría los duelos, tamizaría las oscuridades y amaestraría lo invisible.

Miró pensativo a Haru.

—Sabes que estaba loca, ¿verdad? Loca, inconsolable o cautiva, llámalo como quieras.

Apagó el cigarrillo.

—Pero no me lo cuentas todo.

El marchante sonrió.

—Lo sabrás todo —dijo.

Apareció Sayoko, la tarde siguió su curso doloroso sin que Haru volviera a pensar en su conversación, pero, al llegar a su cama y pulsar las teclas para tumbarse, se preguntó: Si el té hace ver lo invisible, ¿qué veo yo? Entonces tuvo una intuición difusa y pensó: El zorro es la clave.

NACER

A la hora de morir, Haru Ueno pensaba: Ahora veo, ahora estoy en armonía con las cosas. Contemplaba el cuenco negro y acogía su presencia, pura forma sin forma mediante la cual comprendía ahora a Keisuke. Contemplaba en él un lirio y, en esa flor que ya era suya, se abolía el dolor.

Pensaba: He encontrado mi historia, la que consuela y conjura el sufrimiento, creía ofrecérsela a los demás, pero, en realidad, me la contaba a mí mismo. A Melland, el zorro le decía: Todo lo que no ha sido ferviente se desvanece, la miseria y la gracia son infinitas por igual. A mí me decía: Todo hombre camina hacia la hora de su nacimiento, morimos a la soledad y renacemos a la luz. En el intervalo entre ese final y esa iluminación, realizamos el verdadero viaje.

Pensaba: Rose, todo ha sido separado ya, solo queda el hueso desnudo de la existencia, y sé que nada en mi vida ha sido más fuerte ni más importante que tú. Soy el hombre japonés que habrá sido el padre de una hija francesa, mi alma profunda está en esa distancia, constituye mi legado sombrío y resplandeciente, mi legado de antepasados y de rupturas, de soledad y de intimidad, de melancolía y de alegría.

Al fin, mientras un rocío de otra orilla se formaba sobre el jardín de Shinnyo-dō, Haru Ueno pensó: Los muertos son superiores a los vivos porque ya no caen.

Agradecimientos y gratitud
a
Eva Chanet y Bertrand Py
Richard Collasse, Hiroko Ito, Corinne Quentin
Shigenori Shibata
y, siempre, Jean-Baptiste Del Amo

Caen las hojas, caen desde lejos,
caen con ademán de negación,
como muriendo en jardines de los cielos.

Y cae en las noches la pesada tierra
desde los astros a la soledad.

Todos caemos. Esa mano cae.
Y mira a los demás: igual en todos.

Pero hay alguien que acoge esta caída
con suavidad inmensa entre sus manos.

RAINER MARIA RILKE, *Otoño*[1]

1. Traducción de José María Valverde. *(N. de la t.)*

otoño en la montaña —
tantas estrellas
tantos lejanos antepasados

SETSUKO NOZAWA

There was a boy
A very strange enchanted boy
They say he wandered very far, very far
Over land and sea
A little shy and sad of eye
But very wise was he
And then one day
A magic day he passed my way
And while we spoke of many things
Fools and kings
This he said to me
«The greatest thing you'll ever learn
Is just to love and be loved in return»

EDEN AHBEZ, *Nature Boy*

Soñemos con lo efímero y extraviémonos en la bella locura de las cosas.

KAKUZŌ OKAKURA, *El libro del té*

Otros libros de la autora en Booket:

booket

www.booket.com

www.planetadelibros.com